回眸半世纪
——我的教师生涯

陆 彬

上海浦江教育出版社
（原上海中医药大学出版社）

图书在版编目（CIP）数据

回眸半世纪：我的教师生涯 / 陆彬编著. -- 上海 ：
上海浦江教育出版社有限公司, 2013.11
ISBN 978-7-81121-310-2

Ⅰ.①回… Ⅱ.①陆… Ⅲ.①回忆录–作品集–中国
–当代 Ⅳ.①I251

中国版本图书馆CIP数据核字（2013）第263886号

上海浦江教育出版社（原上海中医药大学出版社）出版
社址：上海海港大道1550号上海海事大学校内　邮政编码：201306
分社：上海蔡伦路1200号上海中医药大学校内　邮政编码：201203
电话：(021)38284912(发行)　38284923(总编室)　38284910(传真)
E-mail: cbs@shmtu.edu.cn　URL: http://www.pujiangpress.cn
上海双宁印刷有限公司印装　上海浦江教育出版社发行
幅面尺寸：210 mm × 297 mm　印张：6　字数：10千字 270幅
2013年11月第1版　2013年11月第1次印刷
责任编辑：黄　健　责任校对：郁　静　封面设计：赵宏义
定价：120.00元

序

陆彬教授一直是我心目中学识精湛、和蔼可亲的长者和师长。去年，陆老师迎来了八十华诞，她的学生们举行了一系列庆祝活动和学术报告会，并汇集回忆的图片与文字出版画册。

这是一本充满爱心的画册。陆彬老师爱党、爱国家、爱药剂事业、爱学生、爱朋友、爱家庭、爱儿女，一幅幅画面记录了她慈爱、温馨、和谐、成功的片段，也记录了一个个令人鼓舞、羡慕的故事。

这更是一本充满硕果的画册。陆彬老师从教从研五十多年，为人师表，治学严谨，耕耘勤奋，为我国药剂学事业倾心培育了大批优秀人才，有些已成为业界栋梁。陆老师是我国杰出的新制剂研究的先驱和专家，为我国药剂事业作出了巨大贡献，有力地推动了我国新剂型的发展。她编著的药学专著，深受广大药学工作者和科研人员的欢迎，是我们案头常备的专业参考书。

这也是一部充满幸福的画册。伟大的祖国给予了陆彬老师机遇和支持，让她充分发挥了聪明才智，并顺利成长为我国药剂界著名的教授和科学家。陆彬老师是幸福的，因为她在众多老师、朋友、学生的爱戴、关心和帮助下，不断地开拓新领域，奋战新高地，取得新成就。陆彬老师是幸福的，也因为她有一个温馨美满的家，这是她遮风避雨的港湾，也是她事业起航的地方。

当你在画册最后看到陆彬老师伉俪微笑自如、相依相偎，细雨中漫步在宁静优美的步道上时，你不觉得他们不仅沉浸在幸福之中，而且还对未来充满着无限的希望吗?

夕阳映红霞，丹心报中华。

衷心祝愿陆彬老师健康长寿。

中国工程院院士

药物制剂国家工程研究中心研究员

[signature]

2013年11月18日

前 言

我生于1932年，到2012年正好八十岁；从1952年走上教师岗位开始，也正好一个甲子；如果以2003年离休为界，我的教师生涯也逾五十年。回顾八十年的人生，尤其是半个多世纪的教师生涯，可以自豪地说，我没有辜负党和国家的培养，在教书育人的岗位上，为祖国的药学事业做出了应有的贡献。

1949年5月上海解放，由于此前我一直参加和组织反蒋爱国学生运动，7月经党组织推荐参加了中国人民解放军。后因腿病发作无法行军参加解放大西南的战斗，政治部开具证明给上海市军管会，我回上海养病，病愈后继续读至高中毕业。

后来我考上了山东医学院药学专科，1952年毕业并留校任助教；1955年院系调整到四川医学院药学系，此后，赴北京医学院药剂学高级师资班进修。从助教、讲师、副教授、教授，至2003年离休，50年间，从教药学本科生药剂学到为研究生授课高等药剂学、药用高分子材料、药物新剂型与新技术等课程，并先后培养了15名硕士生和10名博士生。

工作期间，多次参加全国药剂学学术会议。负责完成国家自然科学基金、国家计生委“七五”攻关科研基金、国家

计生委科研基金、国家博士点专项基金、卫生部科研基金及国家科委“九五”攻关项目基金分题等共10项，省科研基金2项，还完成了多项横向课题。共发表科研论文130余篇。

我还荣幸地担任了第六、七、八届中国药典委员会委员，第七、八届制剂专业委员会主任，国家第5批博士研究生导师，首批四川省学术技术带头人；1993年起享受国务院政府特殊津贴。

2012年11月23日，同学们为我举办了“陆彬教授八十华诞学术报告会”及生日庆典。我的学生除了特殊原因外基本上都来了，没有到场的同学则以其他方式祝贺我八十岁生日；许多领导和同仁或亲临会场，或以其他方式向我表示祝贺，令我感动不已。会后，奉建芳等同学建议我以这次活动为中心，补充一些其他照片后汇集成册。我感谢并接受了他们的建议，通过“教师生涯”“欢庆八十”“幸福家庭”三大板块，来“回眸半世纪”。

趁此纪念册出版之际，我再次感谢奉建芳等同学的深情厚谊。并将此纪念册献给培养、爱护和关心我的人们。

陆　彬

2013年10月

光荣入伍

1949年7月我（前排右一）光荣地参加了中国人民解放军，被分配到第二野战军三兵团司令部机要处工作。

目　录

教师生涯

步入药剂

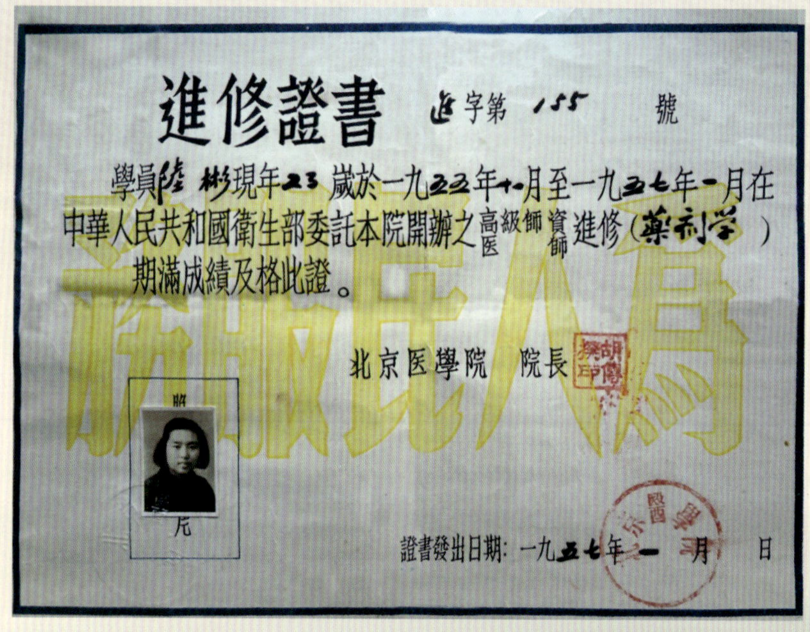

進修證書 进字第 155 號

學員陸彬現年23歲於一九五五年十月至一九五七年一月在中華人民共和國衛生部委託本院開辦之高級師資進修（藥剂学）期滿成績及格此證。

北京医學院 院長 胡傳揆印

照片

證書發出日期：一九五七年一月 日

1955年学校送我去北医进修药剂学，这是进修证书及毕业时同苏联老师的合影（我在二排右一）

自卫生部委托北京医学院办的由苏联老师主讲的全国药剂学高级师资进修班结束后，卫生部主持已有药学系药剂学教研组的5个院校，共同研究药剂学的全面教改，组织编写全国统编教材（后称教改参）、教学指导书、实验指导用书，并研制教具模型。

随后卫生部主持分工，由沈阳药学院主编全国药剂学统编教材第一版，我参加编写，直至第六版。从第三版起，军队院校开始参加编写。

教育教学

带教学生

1965年，我（二排左四）带药学65级毕业班在大坪医院生产实习

血防一线

1970年，我（一排右四）任队长在绵阳县为血防赤训班上课，共两期

深入基层

1975年，我（一排中）带药学普通班到射洪县医院“开门办学”

培训骨干

1980年起，卫生部委托川医药学系主办了6期全国临床药学进修班，我（二排左一）参与组织并参加讲课

培训药师

1995年，我（一排右六）参加了四川省首届执业药师考前培训班的讲课

杏坛执鞭

授课场景

教材建设

教学感悟

教材建设对学科发展意义重大

新书定稿

1997年，我（左四）主编的《药物新剂型与新技术》（第一版）在京定稿

全“新”教材

主编的研究生教材及专著（中间一本被教育部推荐为研究生教学用书）

中药新剂型与新技术
NEW TECHNIQUES AND NEW DOSAGE FORMS OF CHINESE TRADITIONAL MEDICINE

药物新剂型与新技术
陆彬 主编
人民卫生出版社

第2版 2nd Edition
药物新剂型与新技术
NEW TECHNIQUES AND NEW DOSAGE FORMS OF DRUGS
主编 陆彬

本科教材

主编的药学本科教材

编委合影

2006年，我（前排右三）参编第6版《药剂学》时与全国高等学校药学专业教材编写会议代表合影于沈阳

获奖教材

参编全国规划（统编）药剂学教材（一至三版）；其中第二版获卫生部优秀教材奖，第三版获得1997年上海市科学技术进步奖（我为第二完成人）

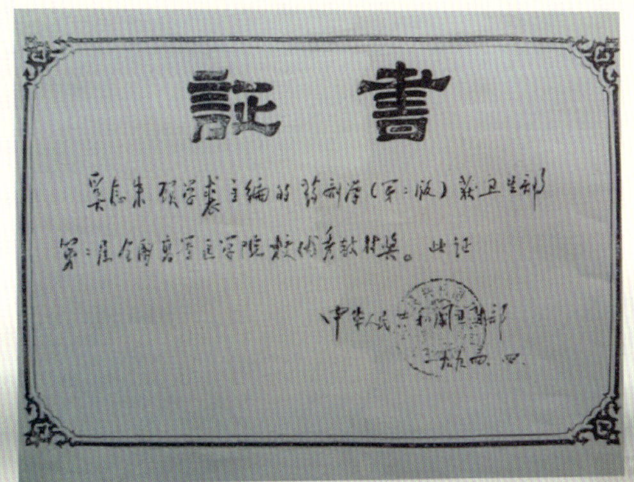

證書

奚念朱 顾学裘主编的药剂学（第二版）获卫生部第二届全国高等医药院校优秀教材奖。此证

中华人民共和国卫生部

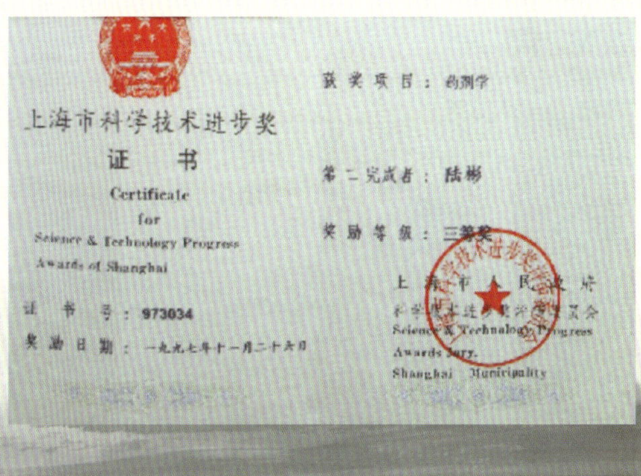

上海市科学技术进步奖
证　书
Certificate
for
Science & Technology Progress
Awards of Shanghai

证书号：973034
奖励日期：一九九七年十一月二十六日

获奖项目：药剂学
第二完成者：陆彬
奖励等级：三等奖

上海市人民政府
科学技术进步奖评审委员会
Science & Technology Progress
Awards Jury.
Shanghai Municipality

参编教材

参编的全国规划（统编）药剂学教材（四至六版）

参编教材

参编的其他教材

编委合影

2002年，我（前排左三）主编的全国高等医药院校药学类教材《药剂学》的编委们合影于成都

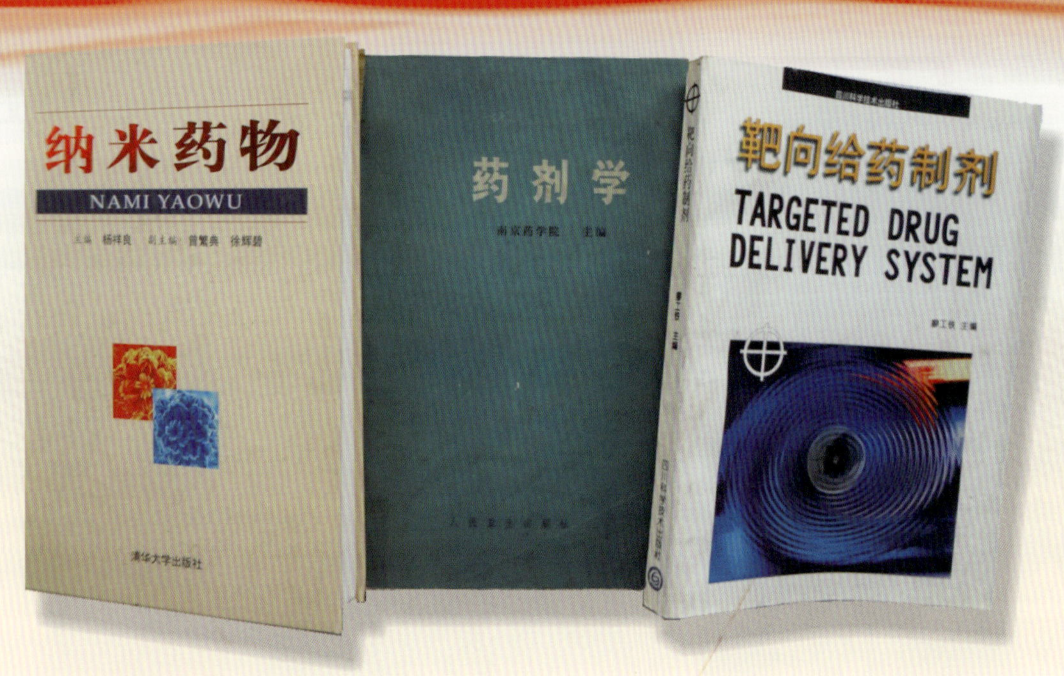

参编教参 参编的参考书（中间一本即教改参）

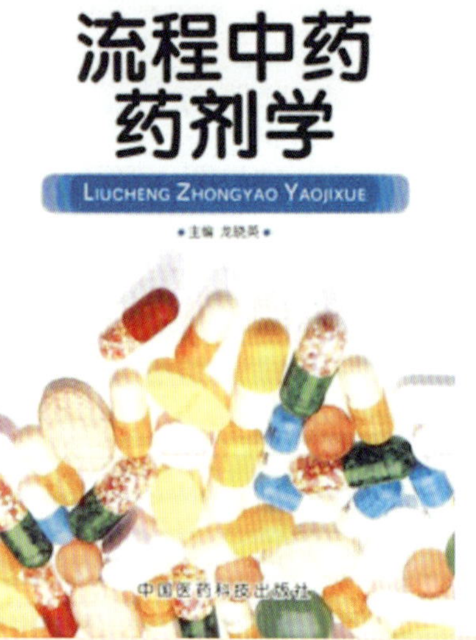

流程中药药剂学

主　编　龙晓英
副主编　杨　帆　祝晨陈
主　审　黄泰康　陆　彬
编　委（按姓氏笔画为序）
王胜利　龙晓英　叶沛光　孙　娟
杨　帆　陈　康　李小翠　何　琳
张志宏　郑维思　祝晨陈　夏　荃
谭晓梅

中国医药科技出版社

主审教材

其中《药剂学》出版于2004年、《流程中药药剂学》出版于2006年，两书均由中国医药科技出版社出版

学术会议

全国会议

1994年，我（前排左四）受邀参加在温州举行的全国首届微粒制剂学术讨论会

国际会议 2007年，我（后排中）受邀参加在上海召开的第三届国际药物制剂论坛

群英荟萃

2000年，我（后排左四）受邀参加由侯惠民院士在上海主持的全国药剂资深专家研讨会

修“典”与审药

我参加了修订1995年、2000年、2005年版《中国药典》的工作，首次提出并起草了药典2000年版“微囊、微球与脂质体制剂指导原则”和“缓释、控释制剂指导原则（2005年版执笔修订为“缓释、控释与迟释制剂指导原则”），并参加有关新版增补内容的全国性宣讲活动。

专家合影

1992年，我（二排右四）与国家药典委员会第6届附录专委会委员合影于天津。国家药典委员会第7届开始设立制剂专委会，我任第7届、第8届主任

研讨修“典”

2003年，我（前排左一）受邀参加在成都举行的《中国药典》2005年版科研项目工作会议

药审研讨

2003年，我（二排左五）受邀参加在重庆召开的药审中心指导原则课题研究组讨论会

培桃育李

20世纪60年代后期，我开始研究药物微囊化，申请科研基金。其中与研究生有关的科研内容包括：

一、避孕药的微囊化；

二、抗血吸虫病药、降血脂药与消炎药的微囊化；

三、抗肿瘤药的微囊化；

四、多肽蛋白类药的微囊化；

五、抗生素药与抗肺动脉高压药的微囊化；

六、其他给药系统。

一、避孕药的微囊化

20世纪70年代初，我负责四川省微囊化协作组，并主持省科委基金项目，研制了复方甲地孕酮微囊注射液。

该药维持妇女血中有效浓度27天，临床1月1针，试用434例、5153周期。证明：剂量小，副作用较轻，使用安全，避孕有效率99.91%。

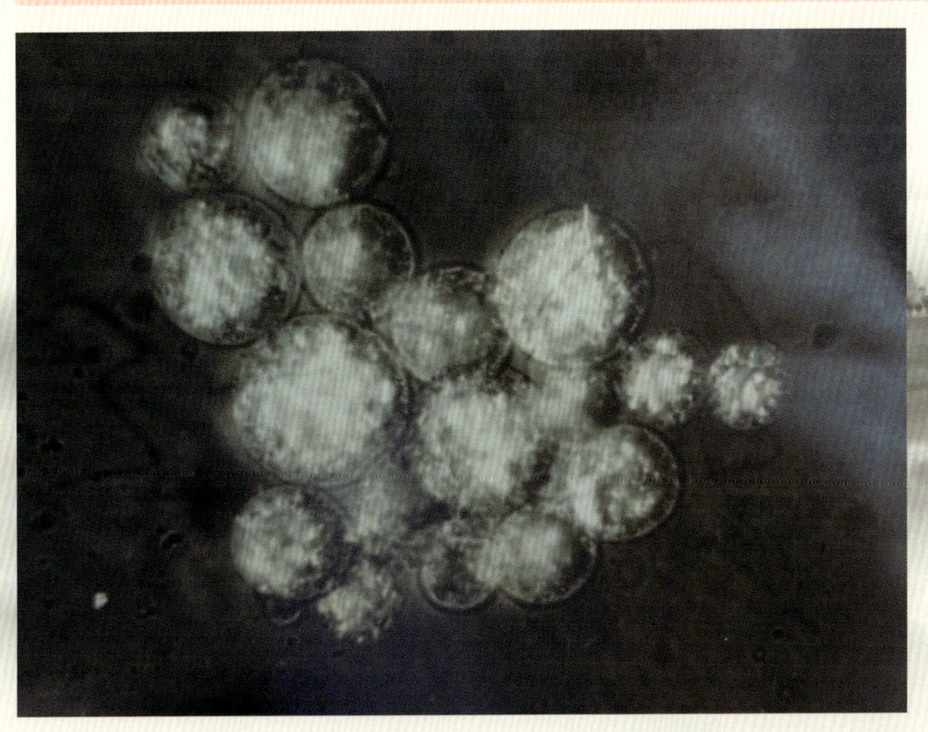

奖给

复方甲地孕酮微囊注射液研制组：

省计划生育工作

先进集体和先进个人

四川省人民政府

一九八一年六月

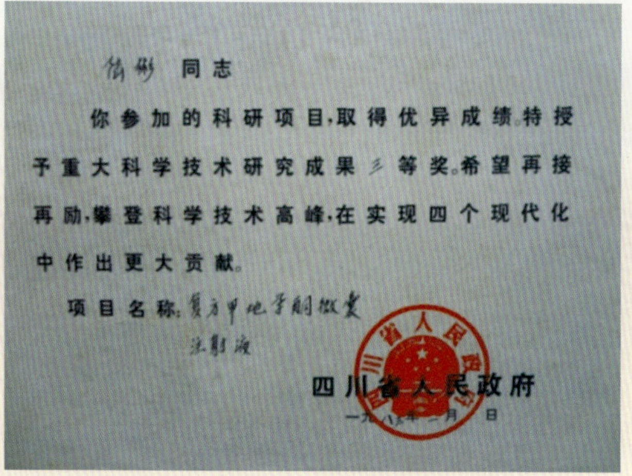

陆彬 同志

你参加的科研项目，取得优异成绩，特授予重大科学技术研究成果三等奖。希望再接再励，攀登科学技术高峰，在实现四个现代化中作出更大贡献。

项目名称：复方甲地孕酮微囊注射液

四川省人民政府

一九八 年一月 日

我们于1978年首次报道了复方甲地孕酮微囊注射液，1981年开始大规模临床研究，1982年获四川省重大科学技术研究成果三等奖及先进集体和先进个人奖。

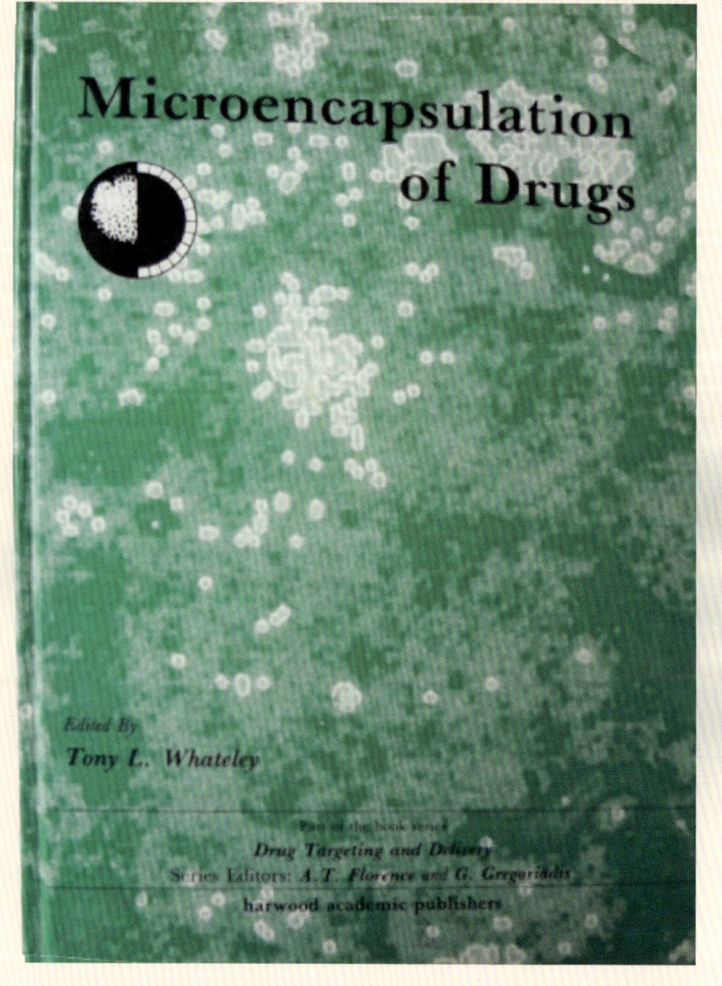

改用《药典》载避孕药左炔诺孕酮(LNG)进一步研究，申请获得国家计生委科研基金项目。

研究论文*Studies on an injection of microencapsulated levo-norgestrel*，全文载入英国1992年出版的专著*Microencapsulation of Drugs*（论文作者：陆彬、郭若羚、刘础）。

申请得国家计生委“七五”攻关科研基金项目，要求做成3个月1针的避孕药，由陆彬、雷永、王正容完成。

刘础硕士论文答辩会

刘础硕士

学位论文题目

复方左旋18-甲基炔诺酮新制剂（国家计生委科研基金项目，共发表科研论文2篇）

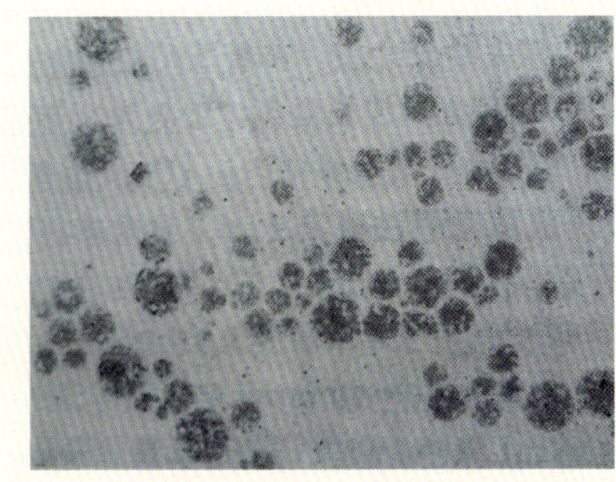

复凝聚法制得复方左炔诺孕酮明胶微囊注射液，经临床试用50人，每月1针，共222周期，避孕无1例失败。

刘础携妻儿来我家时的合影

郭若羚硕士

学位论文题目

长效避孕微球给药系统——复方左旋18-甲基炔诺酮明胶微球的研究（国家计生委科研基金项目，共发表科研论文2篇）

郭若羚硕士论文答辩会

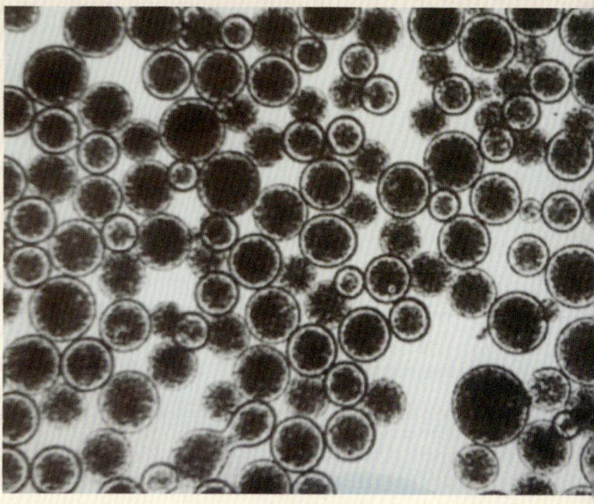

单凝聚法制得明胶微球，注射后小鼠组织学对比，复方比单方能显著减轻卵巢充血及不规则出血等副作用。

郭若羚在英国获得博士学位，这是在英国工作时与同事合影

来家看我时的合影

雷永硕士论文答辩会

雷永硕士

学位论文题目

长效缓释给药系统
——避孕PEGL微球的研究
（国家计生委“七五”攻关基金项目，共发表科研论文3篇）

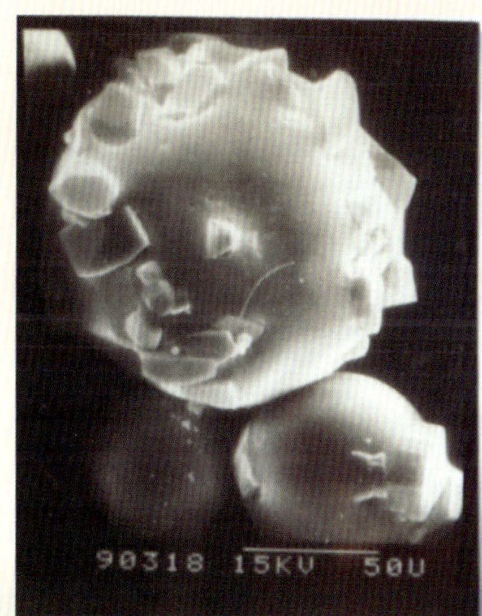

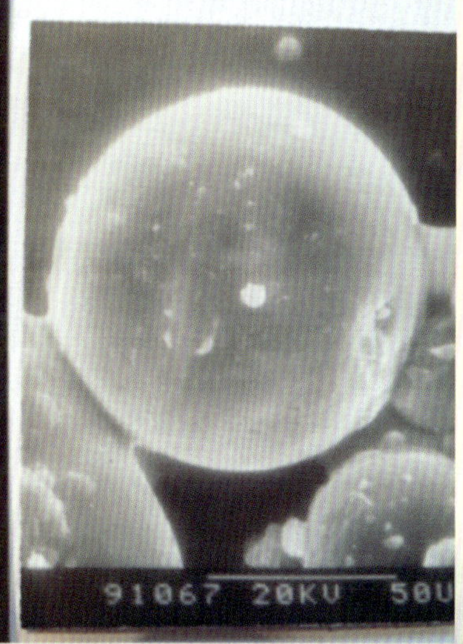

用省内提供的生物降解材料PELA，制得表面光滑（无药物晶体）的注射用微球。体外有极显著缓释效应。

微球肌注小鼠抗生育实验至少达6个月。空白PELA微球肌注，影响小鼠的正常生育，因其PELA含催化剂$SnCl_2$（不合格）。

来家看我时的合影

王正容硕士论文答辩会

王正容硕士

学位论文题目

左炔诺孕酮聚3-羟基丁酸酯避孕缓释微球研究（国家计生委“七五”攻关基金项目，共发表科研论文4篇）

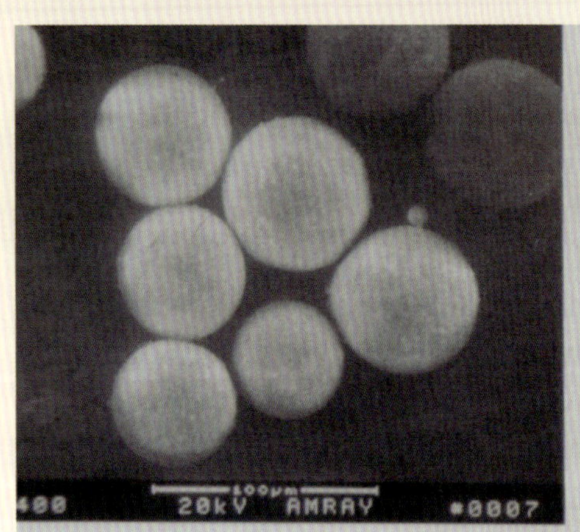

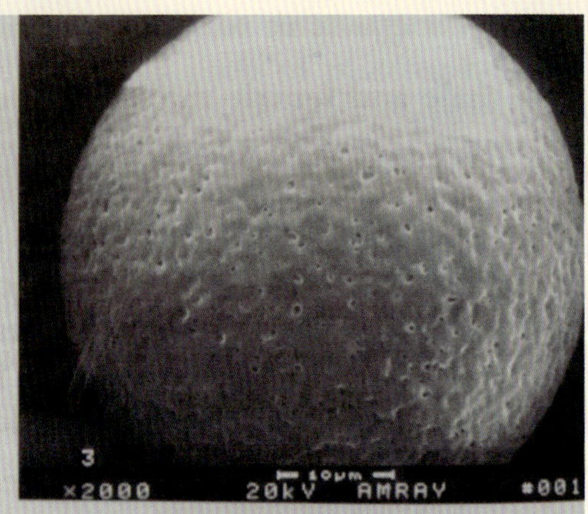

Figure 1. Scaning electron photomicrograph of LNG-PHB-MS.

陪我游深圳

改用PHB作材料，制得表面无药物晶体的LNG微球，体外释放$t_{1/2}$比原药延长1.8倍，小鼠避孕时间可达3个月以上，明显降低原药剂量和毒副作用。PHB空白微球对小鼠的性行为和生殖机能无干扰。

陈慕华副总理（中）在马俊之院长陪同下听取计划生育药物研究进展汇报

二、抗血吸虫病药、降血脂药及消炎药的微囊化

1981年，我申请获得四川省卫生厅科研基金项目硝硫氰胺微囊片的研究。参研项目抗血吸虫病新药硝硫氰胺研究获1978年全国科学大会奖。

抗血吸虫病药硝硫氰胺口服疗效低毒性大，已应用的微粉胶囊易聚集而降效。研制微囊片，在胃液中稳定，而在肠液中溶蚀释放，不仅改善了硝硫氰胺微粉的物理稳定性（生物疗效两年内不变），其释放比硝硫氰胺胶囊剂显著缓慢。治疗992例，疗效肯定，黄疸发生率显著降低。

吡喹酮是抗血吸虫病的优选药物，口服生物利用度低，故采用单凝聚法制备注射用明胶微囊。

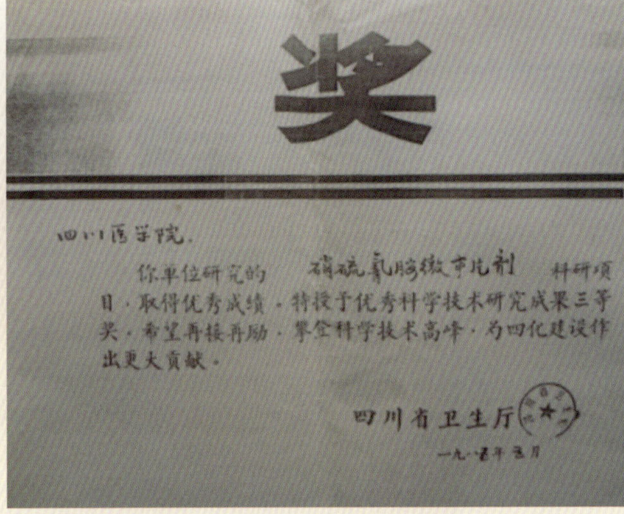

奖

四川医学院：

你单位研究的 硝硫氰胺微囊片剂 科研项目，取得优秀成绩，特授予优秀科学技术研究成果三等奖，希望再接再励，攀登科学技术高峰，为四化建设作出更大贡献。

四川省卫生厅

一九八五年五月

1985年获省卫生厅重大科技成果三等奖

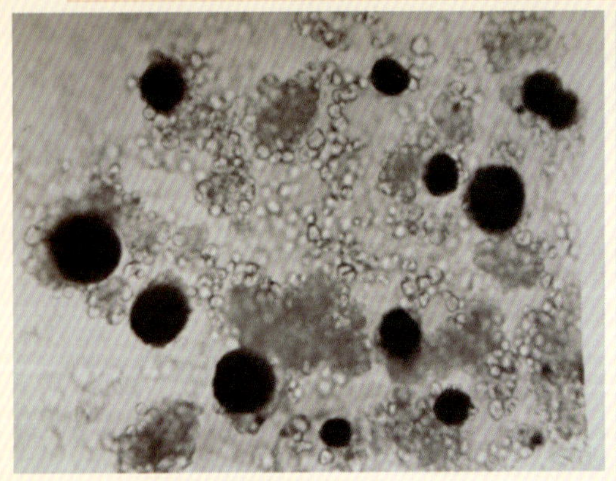

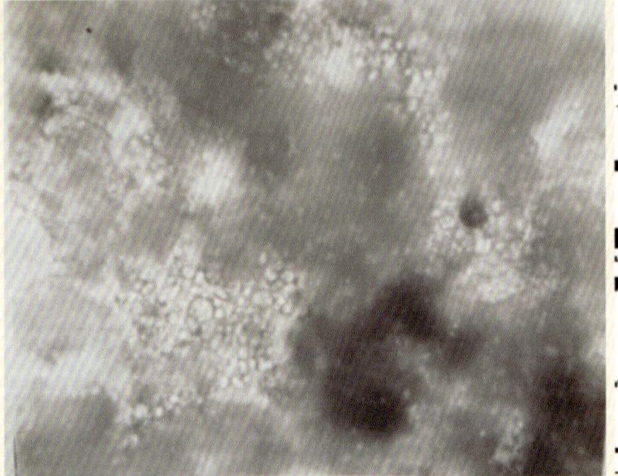

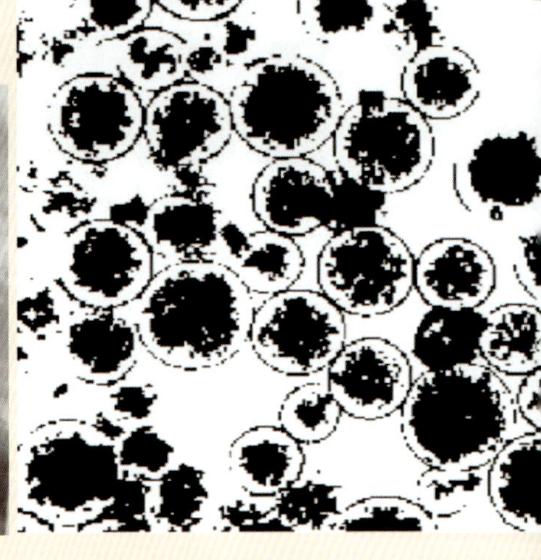

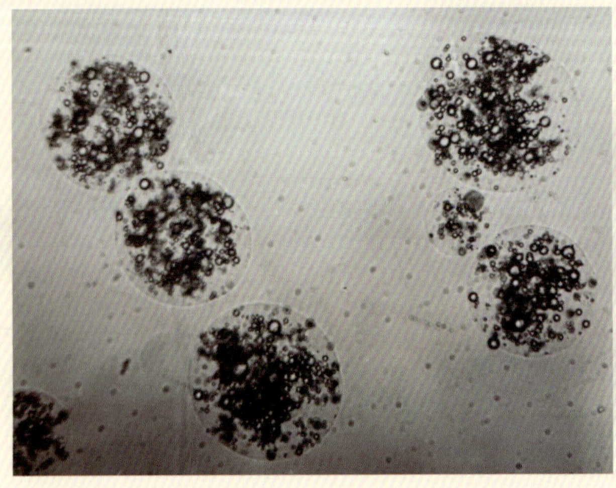

液态氯贝丁酯是降血脂药，市售胶囊剂长期服用有胃肠道反应。

采用复凝聚法制成微囊颗粒剂，在家兔体内血中C_{max}与生物利用度显著高于胶囊剂，达峰时间延长2小时，胃肠道滞留时间显著延长，具有缓释作用，降低了药物局部浓度和刺激性。

研制了吲哚美辛明胶/阿拉伯胶微囊胶囊剂，在家兔体内AUC、T_{max}、C_{max}均显著高于微粉胶囊剂，微囊胶囊剂达到缓释长效目的且降低胃刺激性；其在胃中不破裂，在肠中无完整微囊存在；体内动力学释放分两步（出现双峰）并得到两个药动学方程，用电脑Basic语言单纯形法拟合药－时曲线，与实际曲线基本一致。

温蓉硕士

学位论文题目

消炎痛微囊制剂的研究
（共发表科研论文3篇）

温蓉硕士论文答辩会

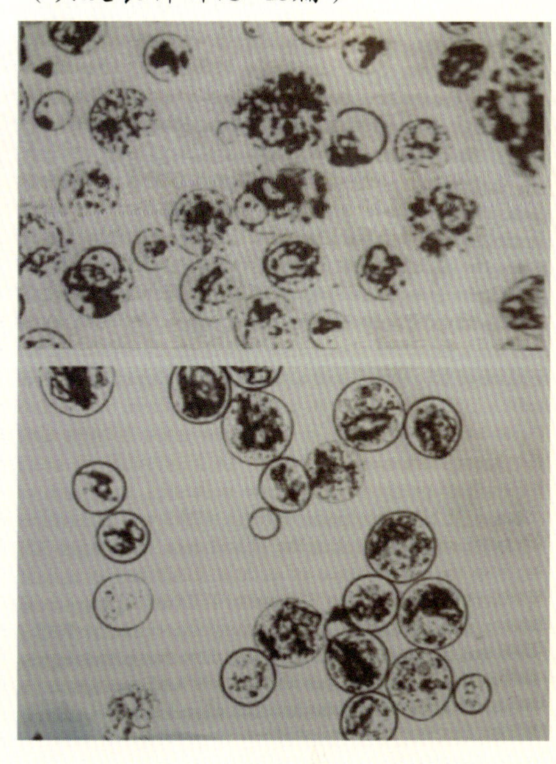

用肠溶性囊材CAP/明胶复凝聚法和CAP单凝聚法研制吲哚美辛微囊片（上图）；体外皆有缓释作用（下图）。对大鼠胃急性刺激性显著减小，AUC_{0-24h}与市售片相当。

在美国工作单位AnaSpec的实验室

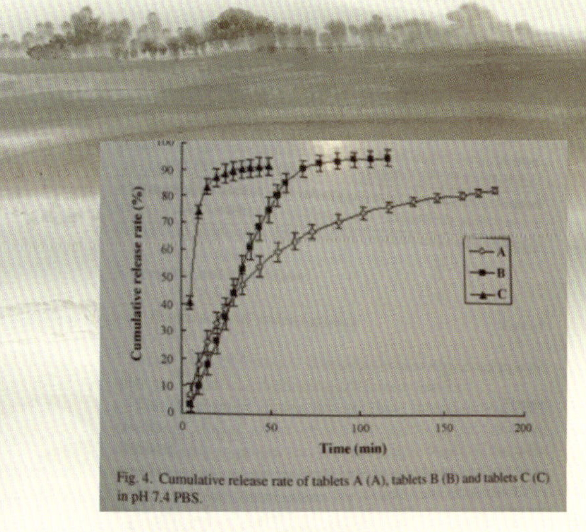

来家看我时的合影

吴伟博士

学位论文题目

玻璃体内注射用醋酸地塞米松聚丙交酯微球（共发表科研论文9篇）

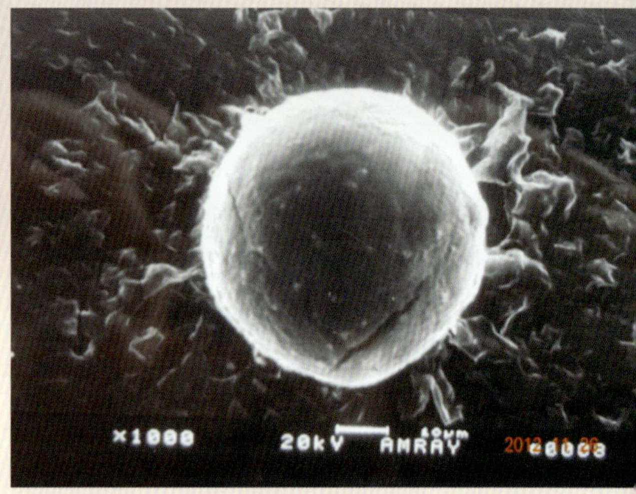

国内首次应用中心多点等距设计法。优化制备醋酸地塞米松聚丙交酯微球，家兔玻璃体内注射后眼底无异常及不良反应，体内3个月仍维持有效浓度，其微球仍在释药（见上图）。在玻璃体内对PVR的疗效比原药显著性延长（见下图）。

2012年6月邀请我们参加他带的博士生论文答辩时在复旦药学院的合影

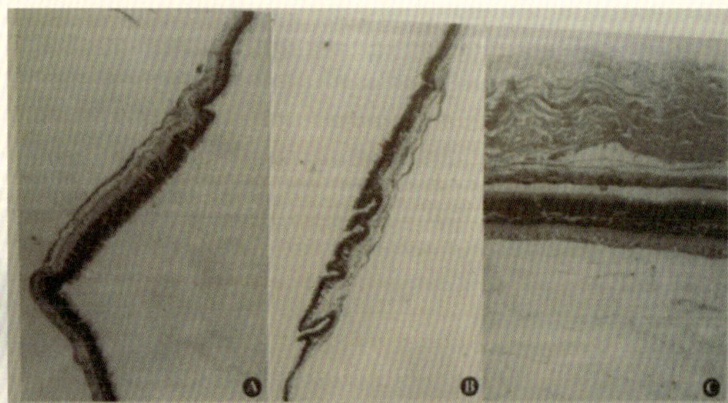

Figure 5 Micrographs of pathological changes of the retina
A. PL-MS（×100）；B. DA（×100）；C. DA-PL-MS（×100）

吴伟伉俪来家看我时的合影

三、抗肿瘤药的微囊化

将微球的缓释同靶向结合，避免抗肿瘤药杀伤正常细胞，提高抗癌效果。我于1991年申请得到国家自然科学基金项目抗肺癌药物肺靶向性的研究。

2000年《肺靶向明胶微球给药系统的研究》获得省教委二等奖。

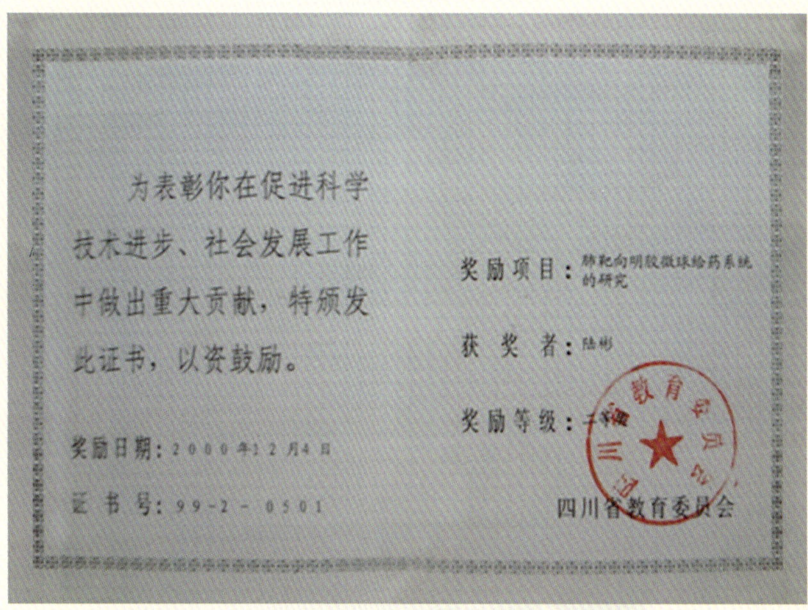

为表彰你在促进科学技术进步、社会发展工作中做出重大贡献，特颁发此证书，以资鼓励。

奖励日期：2000年12月4日

证书号：99-2-0501

奖励项目：肺靶向明胶微球给药系统的研究

获奖者：陆彬

奖励等级：二等

四川省教育委员会

王剑红硕士

学位论文题目

肺靶向给药系统——米托蒽醌明胶微球的研究

（国家自然科学基金项目，共发表科研论文2篇）

王剑红硕士论文答辩会

改用浸吸法制备，将载药量提高约10倍，粒径符合肺靶向要求。体外缓释，体内靶向性与缓释性显著。

微球对小鼠肺部S-180肉瘤的抑瘤率显著高于原药；对C_{57}黑毛雌鼠腋下接种Lewis肺癌实体瘤转移的抑瘤率比原药高。

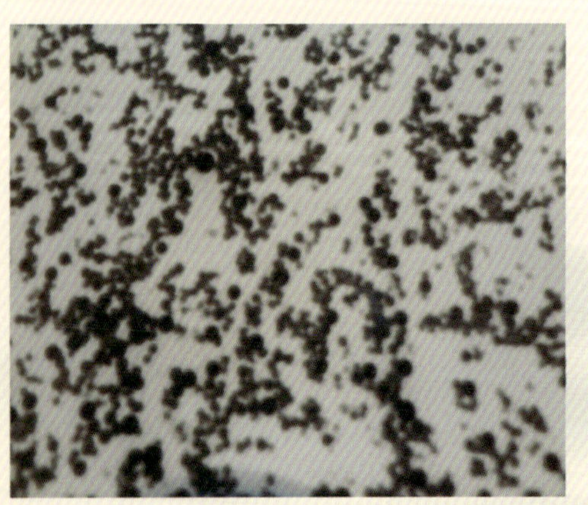

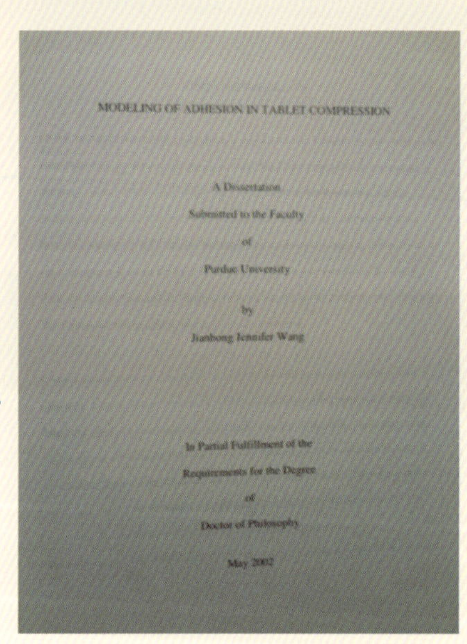

MODELING OF ADHESION IN TABLET COMPRESSION

A Dissertation

Submitted to the Faculty

of

Purdue University

by

Jianhong Jennifer Wang

In Partial Fulfillment of the

Requirements for the Degree

of

Doctor of Philosophy

May 2002

在美国PURDUE大学的博士学位论文

在上海时与我的合影

张景勍博士论文答辩会

张景勍博士

学位论文题目

抗癌药卡铂新型给药系统的研究（国家自然科学基金项目，共发表科研论文12篇）

用乳化交联法制备卡铂明胶微球，粒径符合肺靶向要求（见下图）。体外释药$t_{1/2}$比原药延长11倍。对小鼠尾静注在各组织中药物浓集于肺，肺内AUC增大17倍。小鼠S-180肿瘤抑制结果，一半药量的微球与原药全量相当。

在美国留学时参加学术会议

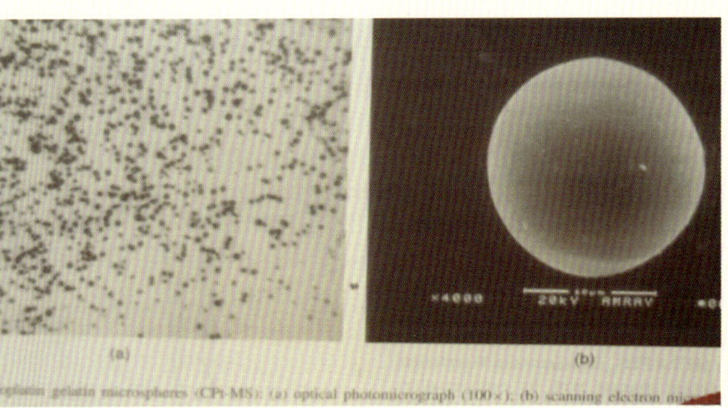

又研制肺靶向卡铂泡囊，平均粒径7.2μm（见下图），符合肺靶向要求。释药$t_{1/2}$比原药延长9.14倍。小鼠尾静注后肺靶向性显著。抑制小鼠肺S-180肿瘤生长显著优于同剂量原药。

来江安花园看我，赠送亲手制作的工艺品

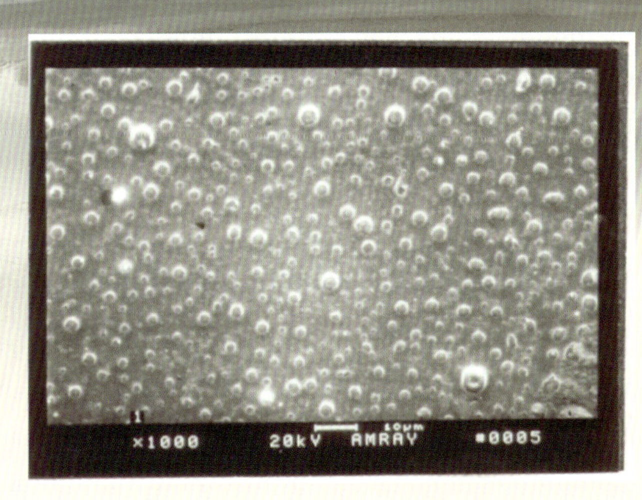

熊素彬硕士

学位论文题目

瘤体内植入式导向氟尿嘧啶微球的研究

（卫生部科研基金项目）

在美国留学时的全家福

用瘤体内植入给药，期望治疗晚期肿瘤。Fu需频繁注射且毒性大，故制成缓释微球。用中心多点等距设计优化工艺，以乙酸乙酯为挥发性有机相的O/W液中干燥法制得微球，其粒径、载药量与经^{60}Co灭菌后的稳定性均满意。体外释放250小时内接近零级（释放80%）。

经体外及小鼠的人肝癌、人胃癌、人宫颈癌抗癌试验，含药微球都有不同程度的良好杀伤或抗癌作用，比原药提高60%，而药效可维持10天以上。

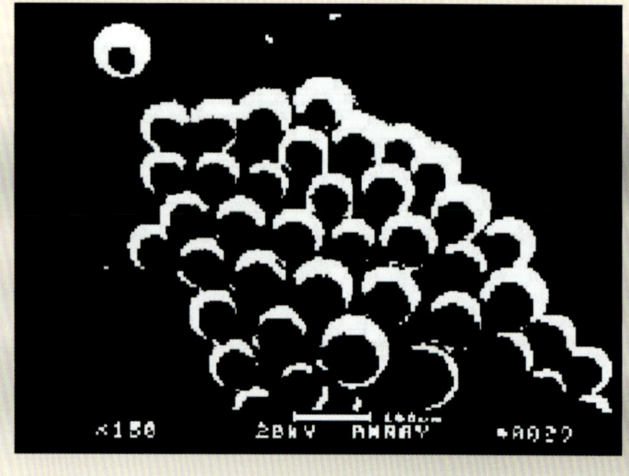

来家看我时的合影

熊素彬博士

学位论文题目

抗乳腺癌及淋巴结转移的三种注射用米托蒽醌纳米球给药系统

（获得四川大学优秀博士论文奖，硕博共发表科研论文11篇）

根据毛细淋巴管选择性吸收蛋白、脂质和多糖的特性及内皮细胞间隙（30~120 nm），分别研制了BSA、山嵛酸甘油酯L和壳聚糖CS的米托蒽醌(MTO)纳米球，用于治疗乳腺癌及其淋巴转移。利用BSA远离等电点时，或CS用三聚磷酸钠胶凝后，均带负电荷，分别提高了对带正电荷的米托蒽醌的包封率（两者均接近100%），L包封率也大于 87%。三者经冻干和^{60}Co辐照灭菌，得外观均匀、粒径均小于100nm的纳米球。纳米球体外释药均有缓释作用，无突释。

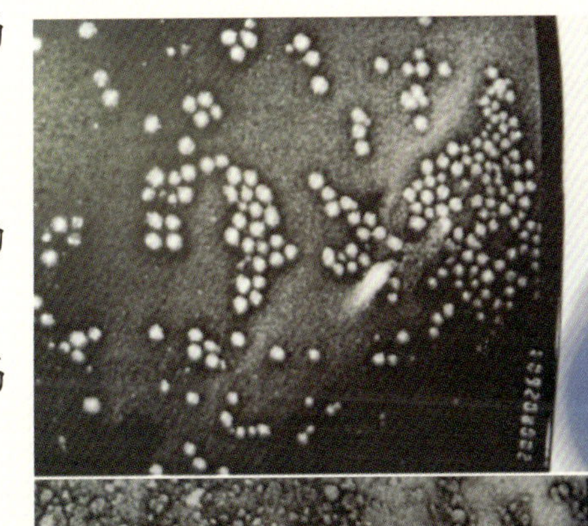

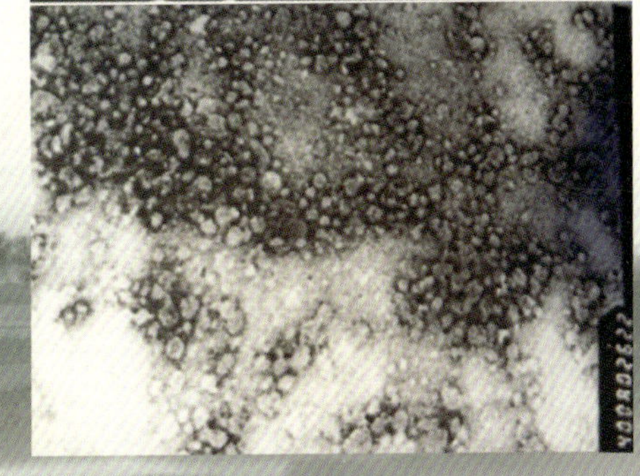

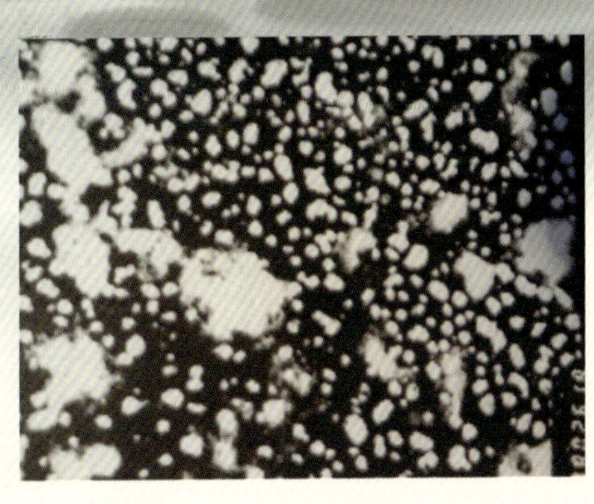

MTO纳米球比原药在大鼠淋巴内的浓度较高而消除较慢，而在其他组织中浓度较低。均无急性毒性，且均明显降低原药的肝肺等毒性。

3种纳米球均对动物乳腺癌具有亲和性，其抑瘤率均显著高于原药(CS纳米球最高)，且能抗淋巴结转移(BSA纳米球最好)。

全家来苏州看我时的合影

张正全博士

学位论文题目

口服结肠定位速释型羟基喜树碱微球的研究

（获得四川大学优秀博士论文奖，国家自然科学基金项目，硕博共发表科研论文7篇）

研制以高度分散的HCPT为核心的结肠定位微球，克服HCPT易失活及溶解度低的缺点，作为治疗结肠癌的速释与迟释相结合的给药系统。用PEG6000制得HPCT速释微球，使溶解度比原药提高2倍，在结肠液中的24小时的累积释放率提高140倍。

用自制的悬浮喷雾设备，以肠溶材料将速释微球包衣得结肠定位微球（见右图），其在人工胃液中2小时和肠液中4小时共释放6.4%，而在人工结肠液中18小时释放75%（见下图）。荷结肠癌裸鼠灌服实验，微球剂量减半时抑瘤率与原药相当，降低了胃肠道毒性。

又用丙烯酸树脂为材料制备pH控制释放的甲硝唑口服结肠定位微球，结果在人工结肠液中的释放量为72%。

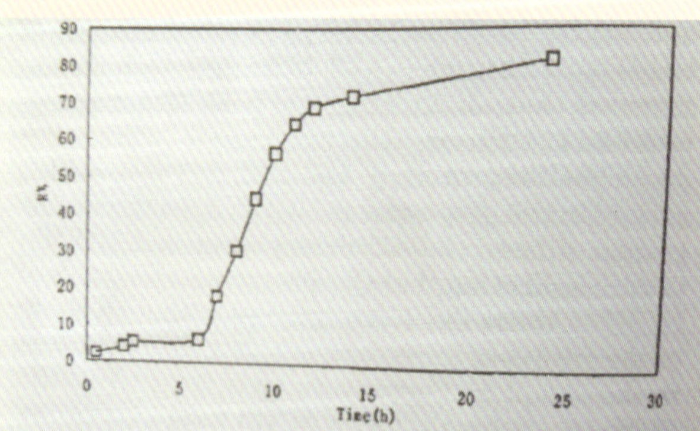

Figure 4. Cumulative release rate of HCPT-CSMS in 0.1 M HCl (2 h), pH 6.8 PBS (4 h), and pH 7.5 PBS (18 h).

在实验室的合影

魏农农博士

学位论文题目

氟尿嘧啶新型结肠定位释放系统的研究（国家自然科学基金项目，发表科研论文1篇）

研制了壳聚糖包衣的氟尿嘧啶前体脂质体，以红色荧光物标记壳聚糖，绿色荧光物标记磷脂，以激光扫描共聚焦显微镜观察其形态（接近中心断层扫描）。壳聚糖能包覆脂质体（图C外层基本为红色的壳聚糖）。

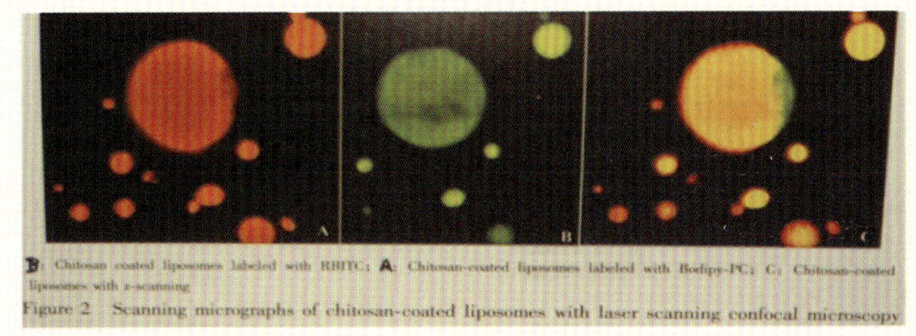

在人工胃液中4小时未包衣脂质体释放完全，而包衣脂质体主要在人工结肠液中释放。

又以壳聚糖制成Fu微球，再用丙烯酸树脂包衣，两种材料均有结肠定位作用。包衣微球主要在人工结肠液中释药。小鼠灌服5小时后结肠内的浓度高于其他组织。结肠癌裸鼠灌服给药后取结肠癌组织切片镜检。包衣脂质体和包衣微球均提高了原药抑制结肠癌的效果。

在校园的合影

回校时的合影

王欢博士

学位论文题目

咪喹莫特皮肤局部给药系统的研究

（共发表科研论文3篇）

分别研制了咪喹莫特MQD的乳膏、纳米粒和脂质体，拟用于治疗小鼠黑色素瘤。

经皮扩散试验结果显示，扩散率：

乳膏>纳米粒>脂质体（见下图左）。

扩散30小时后测定皮内的残留药量：

脂质体>纳米粒>乳膏（见下图右）。

建立了小鼠皮肤B16-F黑色素瘤模型。

药效学实验结果证实，脂质体对黑色素瘤疗效最好，而死亡率最低。

发明专利证书

发明名称：[illegible]

发明人：陆彬；王欢；魏农农；谭丰苹；杨红

专利号：ZL 02 1 13647.5

专利申请日：2002年4月23日

专利权人：四川大学

授权公告日：2007年1月3日

局长 田力普

获得国家发明专利

发明人：陆彬、王欢、魏农农、谭丰苹、杨红

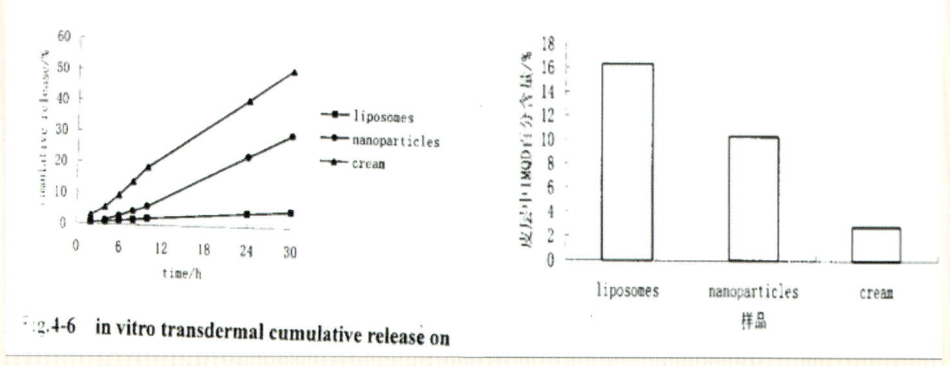

2012年10月专程到我家来看我时的合影

留学日本时参观当年鲁迅留学的仙台医学专门学校

四、多肽蛋白类药的微囊化

研制了治疗重型病毒性肝炎药促肝细胞生长素口服微球（如图），接着于1995–1999年期间我在这个领域共获得三项基金资助：

1. 国家教委博士点专项基金项目——注射用胰岛素缓释长效给药系统的研究；

2. 卫生部科研基金项目——蛋白类药物靶向性缓释给药系统的研究；

3. 国家自然科学基金项目——重组腺病毒缓释给药系统。

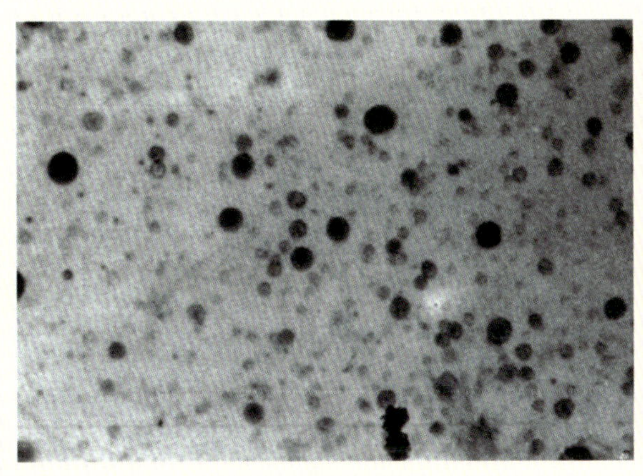

（a）光镜照片（×100）

（b）扫描电镜照片（×3000）

尹宗宁博士

学位论文题目

注射用胰岛素缓释纳米囊的研究

（国家教委博士点专项基金项目，共发表科研论文6篇）

以乳化聚合法调节pH聚合制得平均粒径约100nm的纳米囊。并冷冻干燥制成注射用胰岛素缓释纳米囊。其透射电镜图见下图。体外释放有时滞（约3小时），24小时释放22%。

大鼠皮下注射降糖作用可达1周，无溶血、凝血现象。72小时皮下注射1次与每天3次给予相同剂量胰岛素的血药浓度相当。

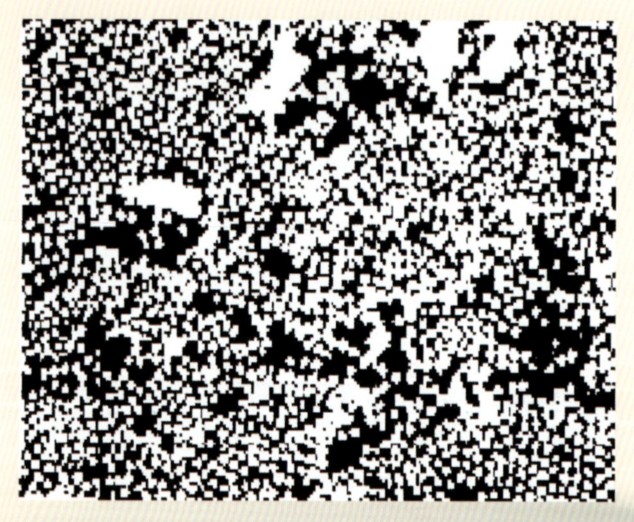

留学美国CONNECTICUT大学时的实验室

来家看我时的合影

庞伟硕士

学位论文题目

胰岛素缓释微球制备工艺的研究

（国家教委博士点专项基金项目，共发表科研论文3篇）

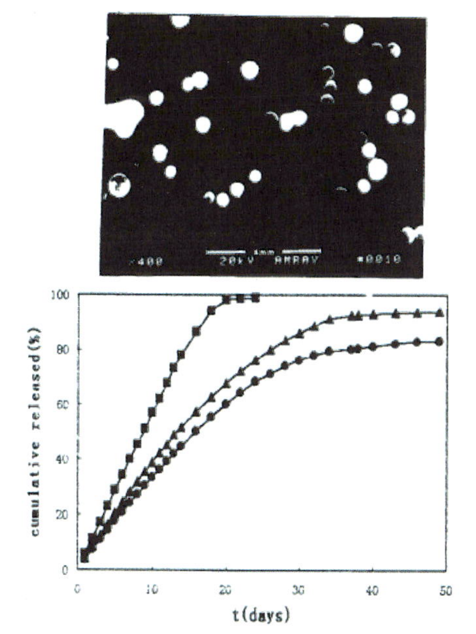

Fig.4-5 Release profiles of Insulin and Ins-PHB-microspheres

—■— Insulin —▲— INS-PHB-MS（CCD） —●— INS-PHB-MS（UDM）

以CH_2Cl_2为溶剂的液中干燥法制备，由均匀设计法和中心多点等距法分别优化工艺，制得微球见右上图。平均粒径为85.39μm，跨距为0.86，载药量为22.93%。体外释放结果均匀设计法效果较好。体外释放原药符合Higuchi方程，微球符合一级方程，释药$t_{1/2}$原药8.77天、微球15.9天。微球有明显缓释作用。

来家看我时的合影

奉建芳博士

学位论文题目

基因重组干扰素α 2a聚氰基丙烯酸丁酯纳米球的研究

（卫生部科研基金项目，共发表论文4篇）

采用乳化聚合法制备聚氰基丙烯酸丁酯rIFNα 2a纳米球，并制得冻干品。在肝中的平均滞留时间由原药的1.41小时延长到8.35小时，具有缓释性。体内各靶向性参数说明肝靶向性明显。纳米球能增强原药体内抗病毒作用。

生物利用度结果灌服纳米球比灌服原药大15倍。急性毒性试验结果及局部刺激性、血管刺激性、溶血作用、过敏性试验结果，均证明纳米球具有较好的安全性。

2002年奉建芳、吴伟、李凤前等在上海为我过70岁生日

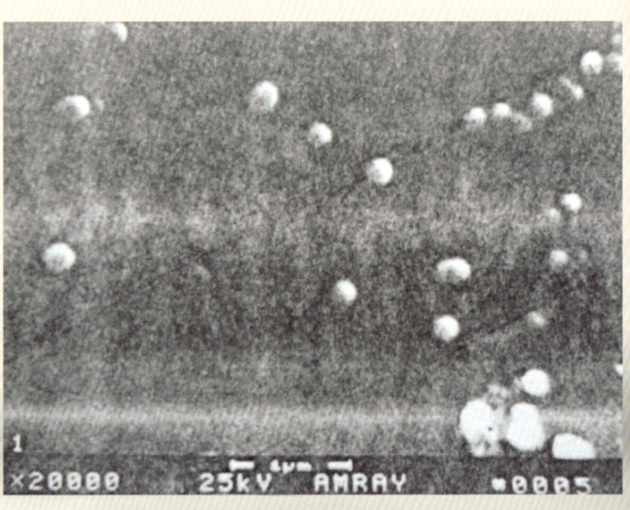

在上海时的合影

谭丰苹博士

学位论文题目

重组腺病毒缓释给药系统的研究

（获得四川大学优秀博士论文奖，国家自然科学基金项目，发表科研论文1篇）

利用复制缺陷型重组腺病毒作载体，为延长药效制成缓释微球。采用bFGF（碱性成纤维母细胞生长因子）作目的基因（原药），LacZ作为标记基因，两者分别制成重组腺病毒Av1和Av2。

为保持腺病毒的活性，采用低温（≤37℃）微量操作技术，以复凝聚法优选工艺，制得两种无菌微球(见右上图）。

大鼠视网膜光损伤后，在视网膜下注射微球，经眼球切片、染色再作图像分析。结果延长了单次给药时间，疗效优于原药及其腺病毒（$P<0.05$）。15天HE染色切片图显示微球组外核层细胞数多（见右下图）。

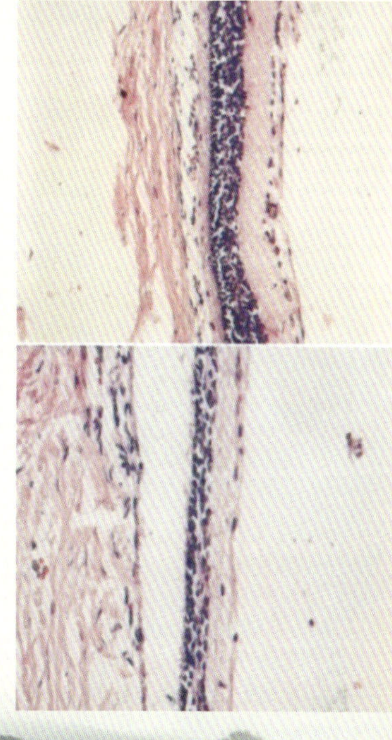

来江安花园看我时的合影

在清华读博士后时学术会上的合影

五、抗生素药及抗肺动脉高压药的微囊化

1990年，我申请获得卫生部科研基金项目肺靶向明胶微球制剂的研究。国家科委“九五”攻关基金项目低氧型肺动脉高压发病中钾通道和促细胞生长因子的作用及防治研究（1996）的分题抗肺动脉高压的汉防己甲素缓释微囊由我负责。我参与完成的该重点课题获得中华医学科技2001年首届二等奖。

中华医学科技奖
获奖项目完成人证书

由陆彬参与完成的“低氧性肺动脉高压发病中钾通道及促细胞生长因子的作用及防治研究”获2001年（首届）中华医学科技奖贰等奖。

此证

证书号：200102187P0605

中华医学会

二〇〇一年十二月二十八日

回校看我时的合影

张自然硕士

学位论文题目

硫酸链霉素明胶靶向微球的研究

（卫生部基金项目，共发表科研论文2篇）

采用油中乳化交联法制备含药明胶微球。粒径7~15μm的占96.9%，有利于肺靶向。

以^{125}I 标记微球，小鼠静注后10分钟即浓集于肺（见下图肺中最浓），用靶向性参数判定肺靶向效率高。

用微生物分析定量，显示1/2药量的微球在肺中就相当于原药的全量。

小鼠实验性肺结核治疗结果表明，微球的给药量为1/3时即可达原药全量效果。

心　肝　脾　肺　肾

曾凡彬硕士

学位论文题目

静脉注射盐酸川芎嗪肺靶向明胶微球的研究

（卫生部科研基金项目，共发表科研论文2篇）

以乳化交联法制备明胶微球，粒径5.6~24.9μm的占87.5%（见下图），符合肺靶向要求。体外释药$t_{1/2}$从原药的10分钟延长到62分钟。

用于防治肺动脉高压。为混悬型微球注射剂，测定24小时沉降比：含0.3%西黄蓍胶时为0.96，高于药典要求(0.9)。

测定小鼠体内分布，肺内药物浓度高于血或其他组织；药物在肺内的相对分布率，微球比原药提高6倍。

从北京送花及贺卡祝福我70岁生日

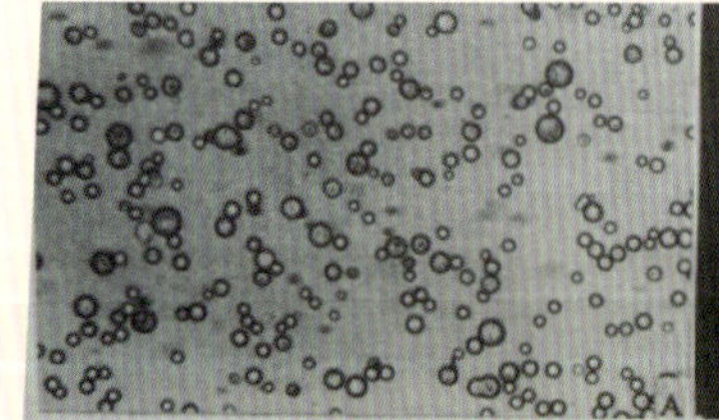

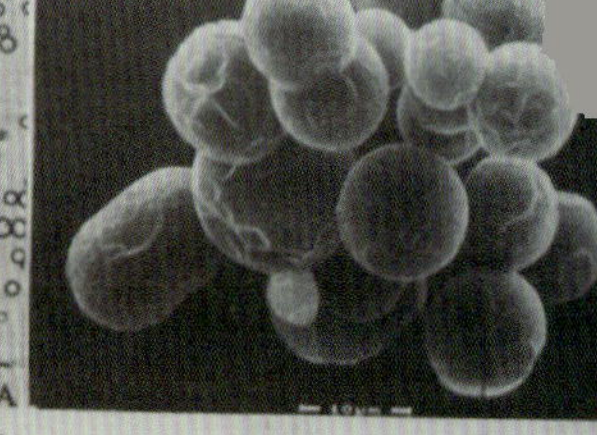

Fig 1 Optical photomicrograph (A, ×100) and scanning electron photomicrograph (×2000) of ligustrazine hydrochloride gelatin microspheres(LTH-GMS).

来家看我时的合影

李凤前博士

学位论文题目

肺靶向汉防己甲素白蛋白缓释微囊给药系统

（获得四川大学优秀博士论文二等奖，国家科委“九五”攻关基金项目分课题，共发表科研论文12篇）

荣誉证书

陆彬 教授：

您指导的博士学位论文《肺靶向汉防己甲素白蛋白微释胶囊给药系统》荣获四川大学2002年度优秀博士学位论文二等奖。

特发此证，以资鼓励。

四川大学

二〇〇二年十二月

优秀博士论文二等奖

以BSA喷雾干燥－热变性法制备汉防己甲素微囊，粒径集中在2~10μm（见下图）。体外释药$t_{1/2}$比原药延长7 倍。微囊混悬液经小鼠尾静注，靶向性指数表明微囊肺靶向性明显，肺中微囊药量72小时时比原药组5小时时还高。

低剂量组无长期毒性，高剂量组停药后可恢复正常。

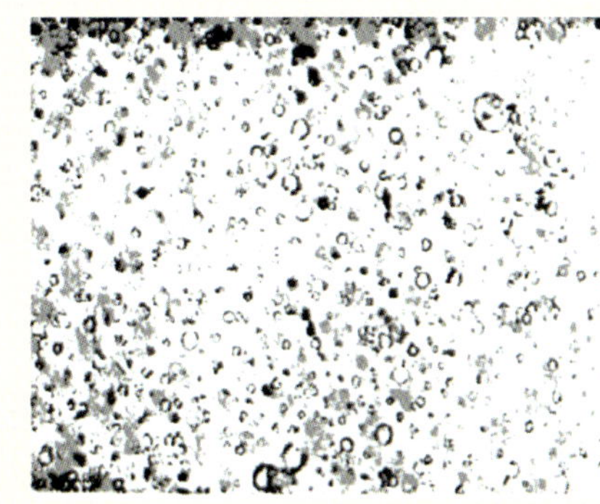

微囊释放的体内外相关性：将所得各时间点的体外释放度和体内肺动脉压的降低值数据进行相关性分析，得线性相关系数r=0.9707，计算得t 检验的统计量t=9.031，即P<0.001（由t界值表查得，双侧自由度为5时t= 6.869，P=0.001）。即体外释放率与体内肺动脉高压降低百分比具有相关性。

回校时的合影

六、其他给药系统

吲哚美辛（IDM）胃肠道刺激性大。以溶剂挥发法用无水乙醇制得其PEG 6000滴丸，其表面有药物晶体，改用溶剂—溶融法制得1∶6滴丸，表面无药物晶体。溶散实验及其他性状、重量差异、含量及含量均匀度均符合药典要求。

滴丸中IDM的溶解度较原药增大一倍多。根据求得的热解活化能计算，滴丸的热解半衰期比原药延长约千万倍。抑制大鼠胃分泌实验，滴丸剂量减半时仍能显著抑制基础胃酸的分泌，而其对胃的刺激（溃疡数）显著减低（见下图）。

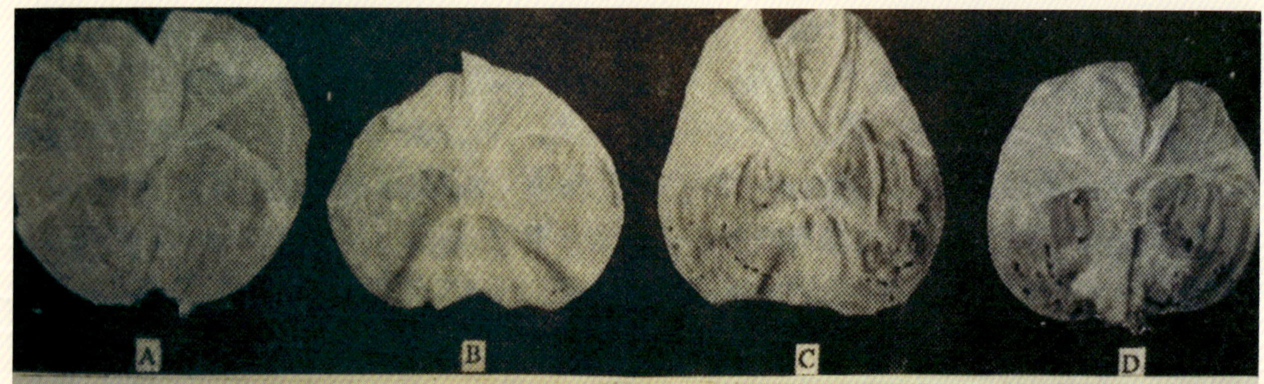

FIg4. Ulcers in rat stomach. A. Control; B. Pilule A(12.5 mg/kg); C. Pilule B(25mg/kg); D. Commercially available tablet C (25 mg/kg).

赵凤英硕士
学位论文题目

双炔失碳酯抗着床抗早孕的新剂型研究
（共发表科研论文3篇）

用溶剂法制得双炔失碳酯(Ad)PVP共沉淀物重量比1∶8的共沉淀物经DSC及X射线衍射法均证实无药物晶体存在，其30分钟的体外累积溶出率比原药大38倍；用DTG法测得热解动力学参数（活化能比原药大），热稳定性高。小鼠抗着床试验表明，1∶8的共沉淀物显著优于抗孕片(P<0.01)。

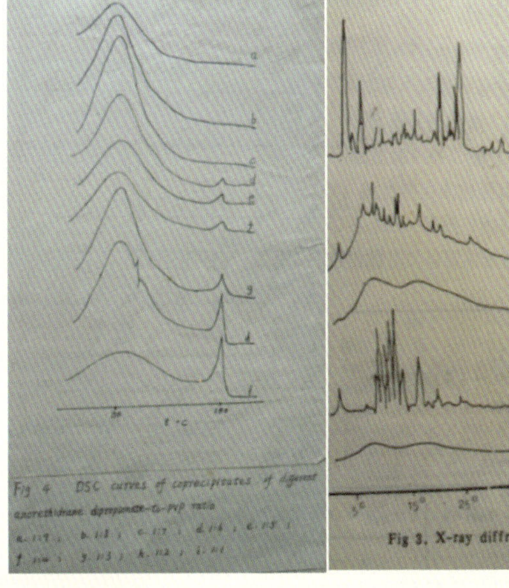

又研制Ad注射液。

因Ad不溶于水，首先筛选溶剂，并对溶剂进行急性毒性等实验，结果表明安全性好，稳定性高。

抗小鼠早孕试验，注射液为口服剂量一半而效果相当。

PARTICLE DISPERSION, DISSOLUTION AND BIOAVAILABILITY STUDY OF POORLY SOLUBLE COMPOUNDS IN INTERACTIVE MIXTURES

Thesis submitted in total fulfilment of the requirements for the degree of Doctor of Philosophy

by

Feng-Ying Zhao
B. Pharm., M. Sc.

Department of Pharmaceutics
Victorian College of Pharmacy
Monash University
Melbourne
Australia

November 2000

在澳大利亚MONASH大学的博士学位论文

苗华硕士
学位论文题目

白障明片剂的研究
（发表科研论文1篇）

白障明（BZL）有吸湿性，国内无产品。将9种有机辅料与药物分别作DSC图，将9种有机辅料和5种无机辅料分别同药物1∶1混合再作DSC图，结果有6种辅料同BZL有相互作用，不能应用。

粘合剂（HPMC）的条件试验采用不同试样的DSC法（下左图），结果说明HPMC可用湿法制粒压片。片剂外观、重差、崩解时限达到药典指标。

BZL同片剂均作吸湿平衡曲线，结果CRH分别为56%与68%，说明辅料的加入显著改善了BZL的吸湿性（下右图）。

片剂的体外溶出$t_{1/2}$=7.88分钟，20分钟累积溶出度为98.84%。片剂37℃、RH75%放置3个月，外观、含量、重差、崩解时限均无显著性变化。

校园内师生合影

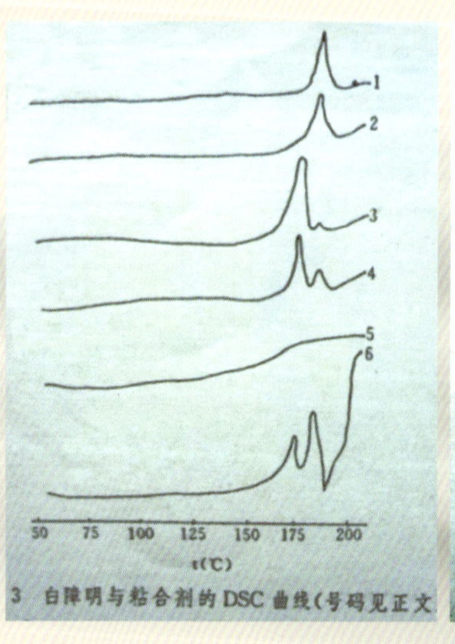

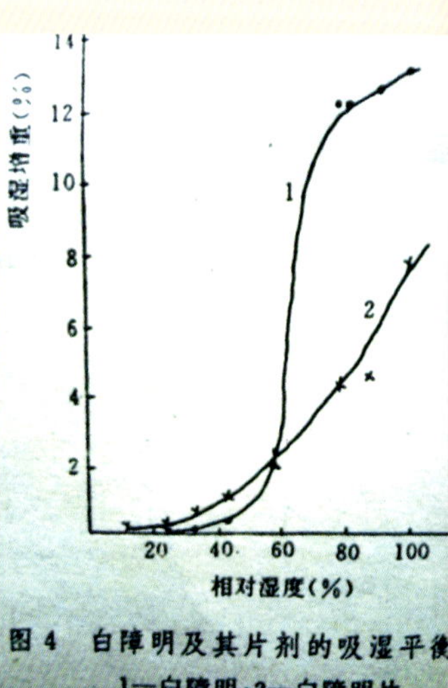

游深圳时的合影

与黄园、何勤、尹宗宁在我病后来江安花园看我

贺英菊硕士
学位论文题目

法莫替丁片剂的研究

（共发表科研论文4篇）

用DSC筛选辅料，选用与辅料（1∶1）无相互作用的7种辅料，设计8个处方作处方筛选，用乙醇或淀粉浆分别制粒压片，结果以处方5淀粉浆制粒的比较理想。工艺筛选时处方5选择60℃、2小时干燥出现分解峰，另优选条件，处方5所得法莫替丁片用DSC曲线的峰形与峰位同原药一致，无分解。

对抑制溃疡和基础胃酸分泌，显著优于对照组。

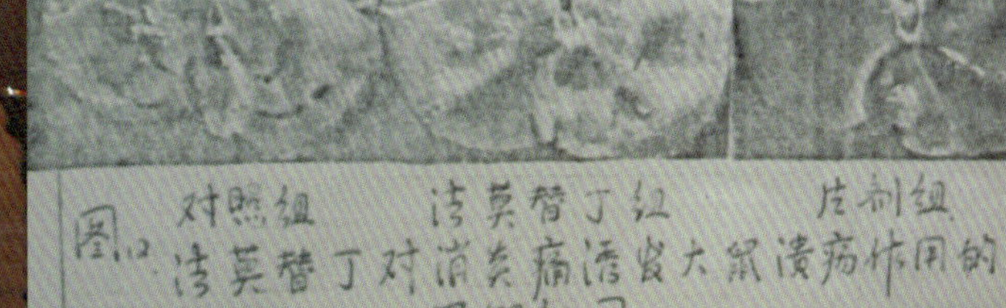

片剂室温贮存2年后15分钟溶出度在97%以上，显著优于90年22版美国药典规定。用HPLC法测定健康志愿者6人血药浓度，片剂的相对生物利用度119%。

FAMO的血药浓度与胃酸分泌作用呈正相关，使胃酸分泌量抑制50%的血药浓度为13ng/ml。片剂口服2片，12小时后血药浓度仍大于有效浓度。故临床可一次2片，早晚各一次。

2012年全国制剂学术会上的合影

张正全硕士

学位论文题目

微乳的工艺及其对药物稳定性影响的研究

先作经典的三元相图，确定乳化剂/助乳化剂比例Km。在Km=1.12附近可得微乳。所需乳化剂（磷脂）的量为28%~29.6%，微乳阴影范围较窄（见下左图）。

再用改良的三元相图研究。由图又可得，微乳区的水/乙醇范围是0.6或0.8。如以水/乙醇=0.6作图，其微乳范围内的乳化剂量为6%~28%（见下右图）。比上面的28%~29.6%明显降低，特别是当助乳化剂乙醇含量或油含量高时，乳化剂的用量低。

我病后来江安花园探视

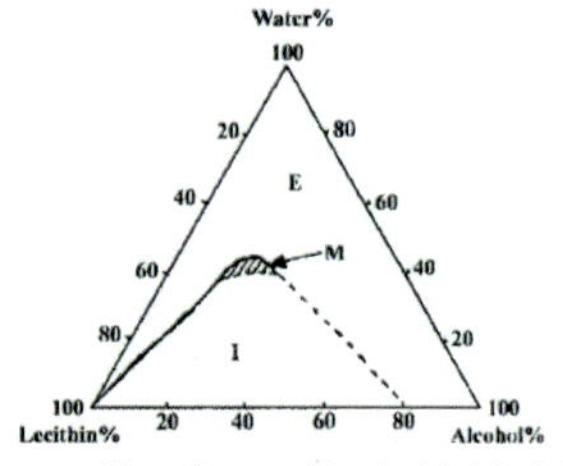

Fig 3 Phase diagram of lecithin/alcohol/ethyl oleate/water at 50% ethyl oleate showing areas of existence of oil-in-water microemulsion (M), isotropic (I) and routine emulsion (E) regions at (25±1)℃

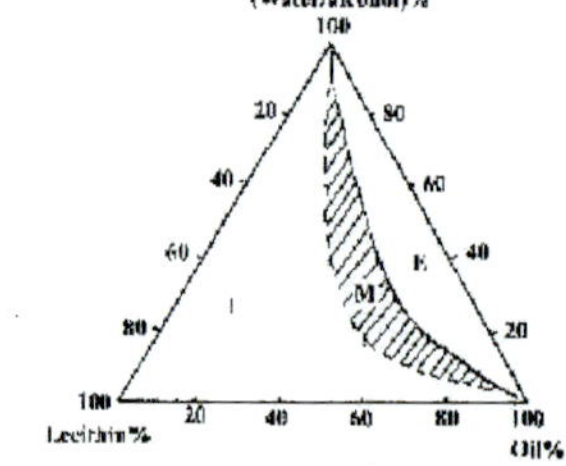

Fig 4 Phase diagram of lecithin/alcohol/ethyl oleate/water at W/A = 0.6 showing areas of existence of oil-in-water microemulsion (M), isotropic (I) and routine emulsion (E) regions at (25±1)℃

本科毕业20周年同曾凡彬一起来家看我

师生情深

1997年我股骨颈骨折，学生们在医院守夜陪护我，并抬我出医院回家，后又从我住家5楼抬我到医院复查，抬我游校园，为我按摩和煎中药、藏药。图为学生们手捧桃李在病床前和我合影。

欢聚成都

2007年，学生们欢聚成都为我庆祝75岁生日并赠送礼品。

欢庆八十

生日贺礼

在我八十岁生日之际，许多部门、同仁和学生，送来了珍贵的贺礼。

药学院送的花篮

恭祝尊敬的陆彬老师

八十寿辰！

愿您健康快乐！

华西临床药学研究中心师生

临床药学研究中心送的贺卡

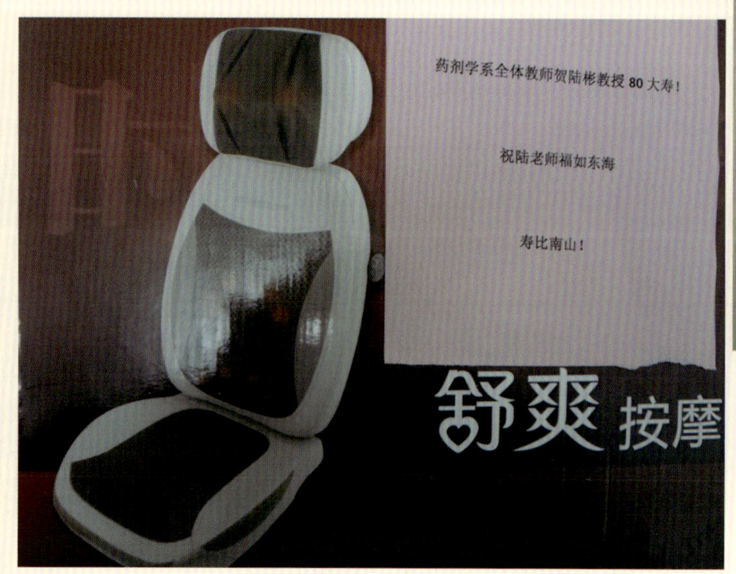

药剂系送的礼品

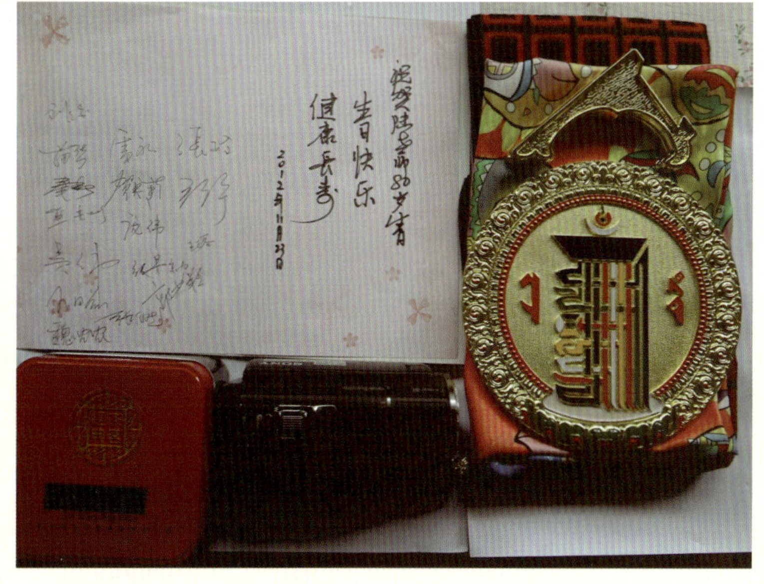

学生们送的礼品

钟裕国、徐鸣夏、张丹三教授送的贺卡

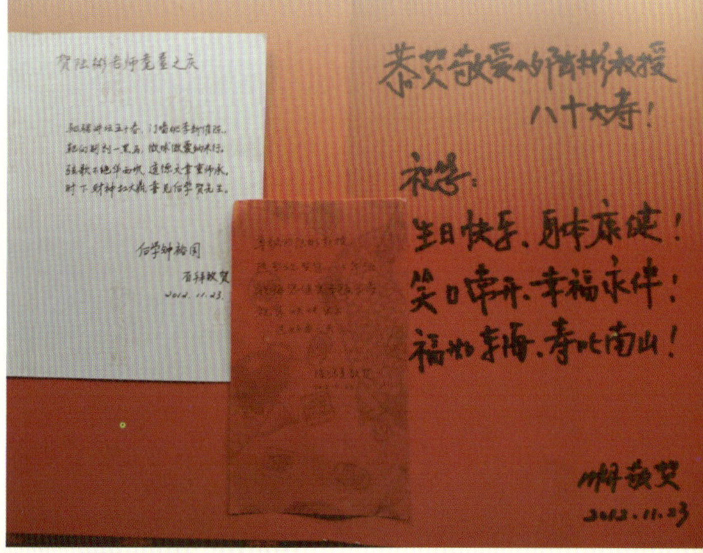

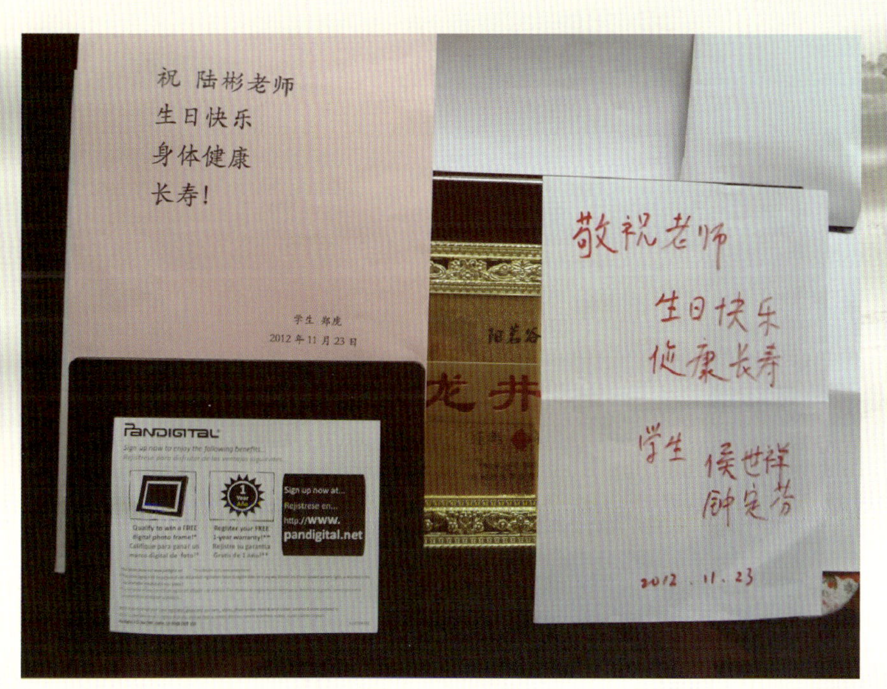

郑虎、侯世祥两教授送的礼品

离退休处送的贺卡

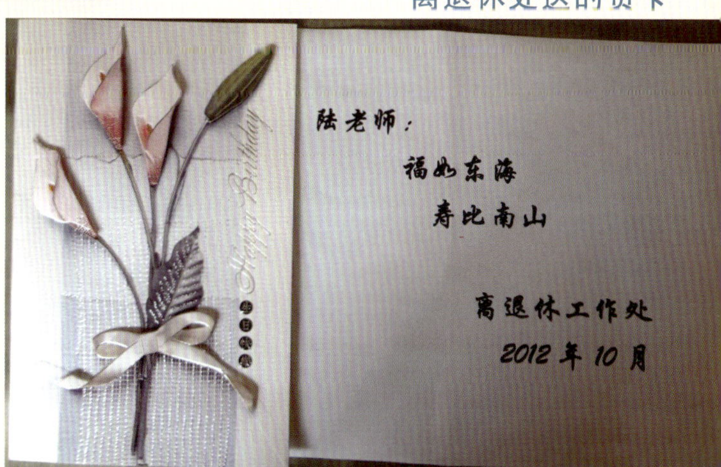

学术报告

2012年11月23日上午，大家为我组织了“陆彬教授八十华诞学术报告会”，多位新老领导、学生代表到会致贺，专家教授报告学术进展，借此机会我向大家汇报了“我的五十年的教师生涯”。

首页 | 学院概况 | 学科建设 | 人才培养 | 科学研究 | 师资队伍 | 交流合作 | 科技产业 | 招生就业 | 学生工作 | 党群工作 | 继续教育 | 信息服务

学院新闻

当前位置：首页 > 学院新闻

我院“陆彬教授八十华诞学术报告会”成功举行

作者：佚名　来源：　发布时间：2012年11月26日　点击/评论：877/0

11月23日上午，陆彬教授八十华诞学术报告会在华西苑召开。院长张志荣、党委书记方去、原药学院院长郑虎、原药院院长王锋鹏、党委副书记胡晓娟、临床药学系主任蒋学华、药剂学系主任何勤、陆彬教授先生杨秀岑教授、老同事及学……参与了本次学术报告会。会议由陆彬教授学生奉建芳主持。

会上张志荣院长首先代表药学院全体老师、学生向陆彬教授表达祝福。张院长说，陆彬教授六十年的教学生涯，对药学院的学科建设和人才培养做出作出了巨大的贡献。他代表学院祝愿陆彬教授生日快乐、健康长寿。郑虎教授、王锋鹏教授、侯世祥教授、陆彬教授的学生张自然分别上台致辞，共同祝愿陆老师福如东海，寿比南山。

陆老师虽已八十高龄，但仍然精神饱满，思维敏捷，她以“我半个多世纪的教师生涯”为题回顾了自己学习、参军、……校任教、科学研究、编写教材和指导学生的经历，也分享了自己温馨幸福的家庭生活，会场不断地响起掌声和欢笑声。

下午，陆彬教授海内外的学生们就自己的工作情况和研究领域，进行了学术交流和研讨。

编辑：四川大学华西药学……

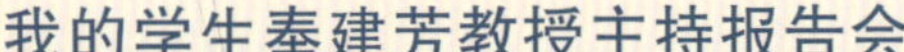
我的学生奉建芳教授主持报告会

研究生献花并赠送礼品

会场一角

来宾签到

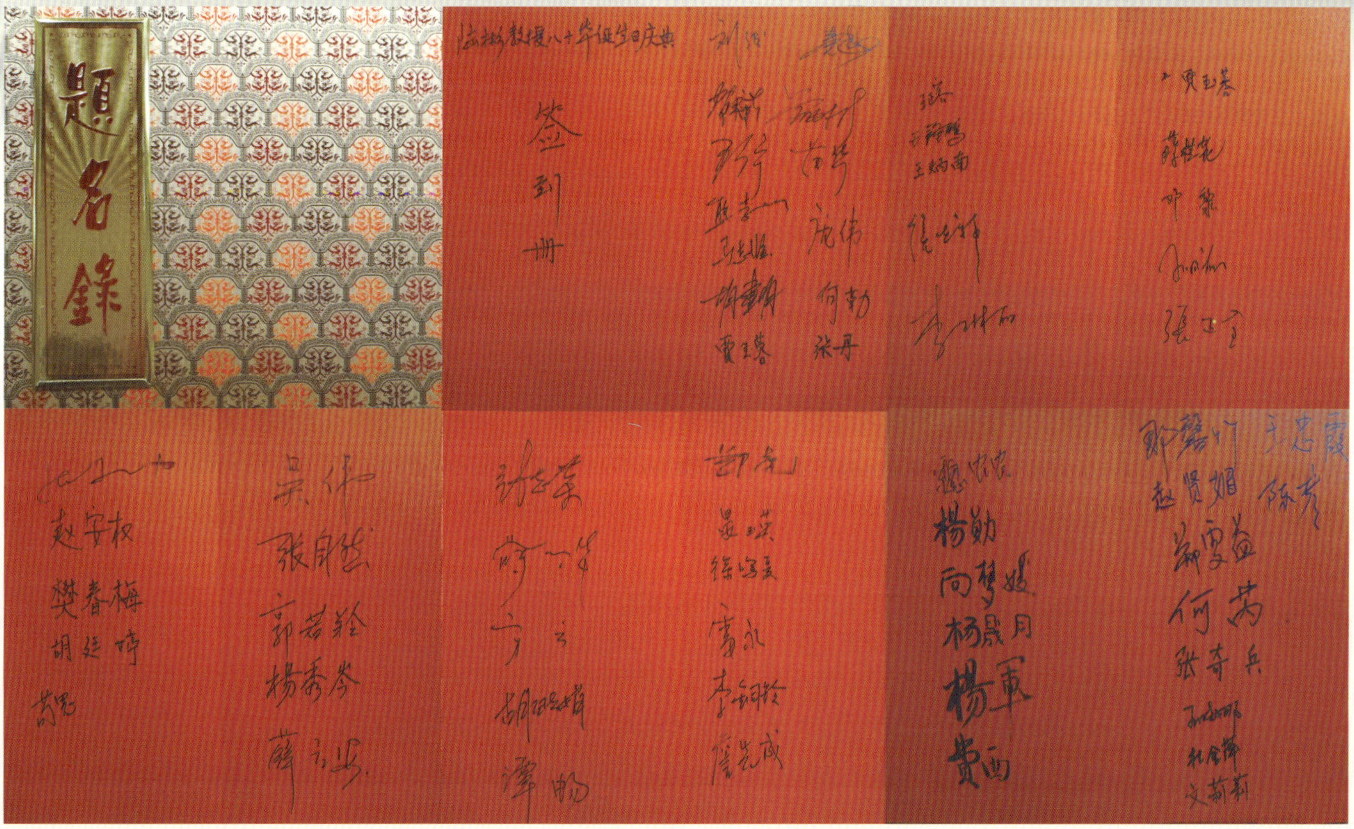

院长张志荣教授致贺词

原院长郑虎教授致贺词

原院长王锋鹏教授致贺词

原教研室主任侯世祥教授致贺词

药剂学系主任何勤教授致贺词并作学术报告

临床药学系主任蒋学华教授致贺词并作学术报告

我向大家报告半个多世纪的教师生涯

研究生代表张自然副总裁致贺词

第二代研究生代表赵安权致贺词

桃李芬芳

11月23日下午，我的研究生聚集在一起，交流各自的学术成就。作为导师的我听着他们的报告，从心底地感到高兴——药剂已有后来人！

我的学生吴伟教授主持学术交流会

刘础作交流

苗华作交流

贺英菊作交流

雷永作交流

郭若羚作交流

张自然作交流

王正容作交流

曾凡彬作交流

张正全作交流

张景勍作交流

吴伟作交流

李凤前作交流

奉建芳作交流

庞伟作交流

尹宗宁作交流

魏农农作交流

熊素彬作交流

研究生温蓉从美国打来祝贺电话

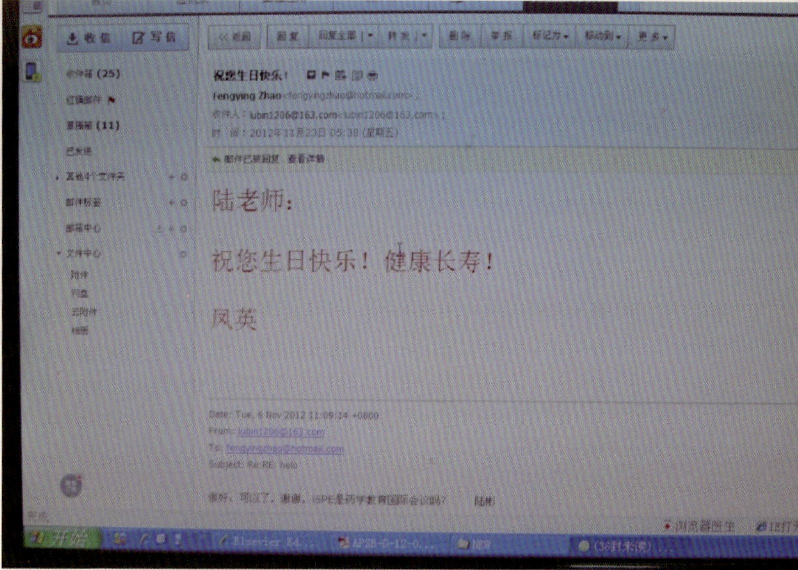

在澳大利亚工作的研究生赵凤英博士发来祝贺信

在美国工作的王剑红博士等赠送来花篮

我和到会的研究生合影

我和到会的二代研究生合影

会场一角

答谢

交流过程中同学们都说感谢我的培养，会议结束时我致感谢词

生日宴会

23日晚上，学生们为我举行宴会，期间老同事和学生们纷纷向我敬酒，使我倍感亲切。

同事们向我敬酒

我回敬同事们

宴会一角

刘础向我敬酒

苗华等向我敬酒

贺英菊向我敬酒

雷永向我敬酒

郭若羚等向我敬酒

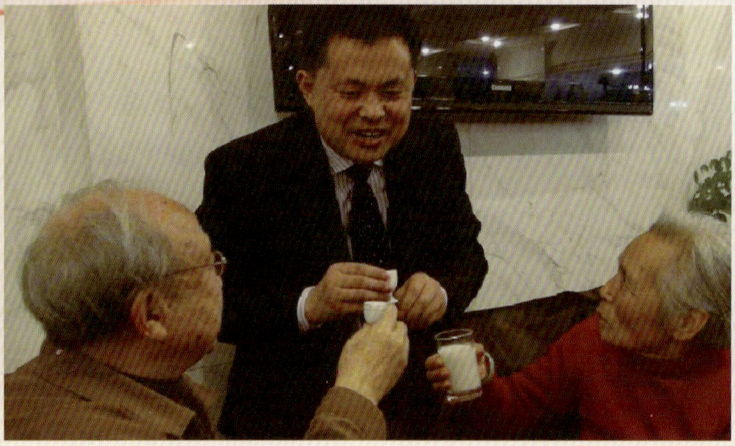

张自然向我敬酒

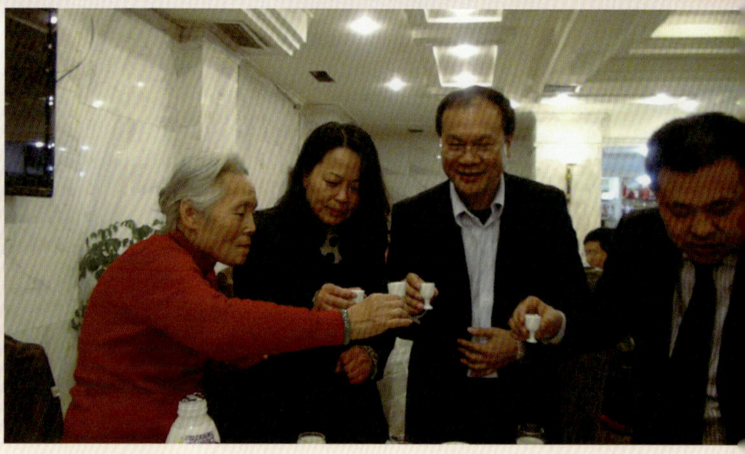

曾凡彬等向我敬酒

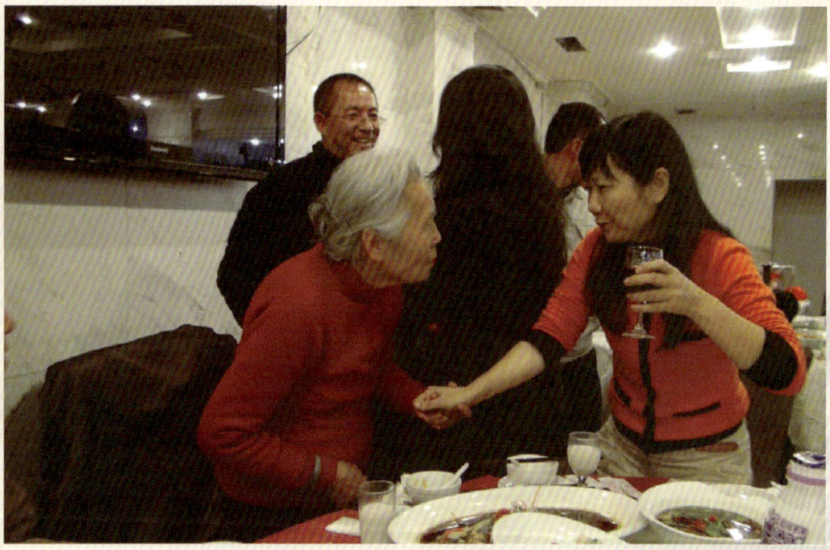

王正容向我敬酒

张景勍向我敬酒

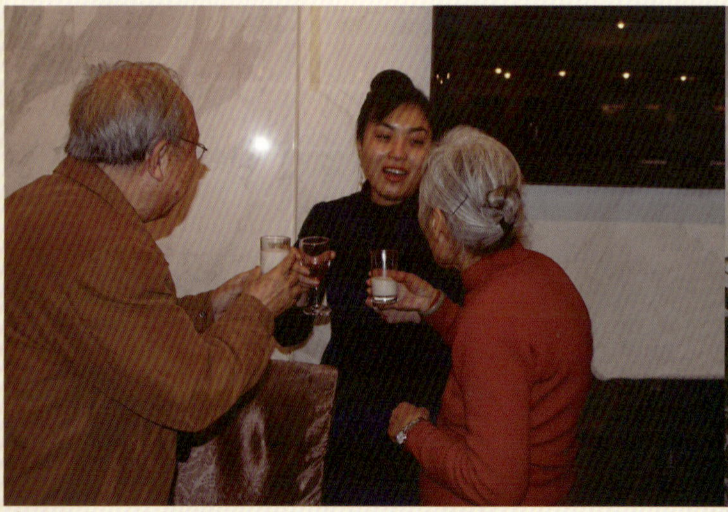

张正全向我敬酒

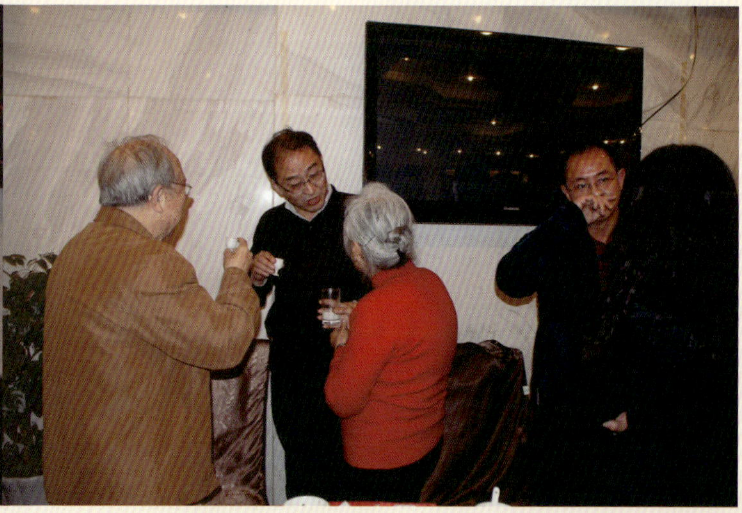

李凤前向我敬酒

庞伟等向我敬酒

尹宗宁向我敬酒

吴伟向我敬酒

奉建芳等向我敬酒

魏农农向我敬酒

熊素彬等向我敬酒

研究生和我二女儿合影

我回敬同学们

第二代研究生向我敬酒

生日蛋糕前许愿

切生日蛋糕

游三圣乡

在三圣乡茶室

研究生贺英菊与尹宗宁在交谈

我先生和我的研究生奉建芳亲切交谈

三圣乡宴会

旅游结束后同学们送我回家

感谢各位同学、各位领导、各位同事前来欢庆我的80岁生日；特别感谢药学院院长张志荣教授到会指导，临床药学系主任蒋学华教授、药剂系主任何勤教授作学术报告。

我的学生们在各个岗位上都做出了突出的成绩，“青出于蓝而胜于蓝”，这次他们到会介绍了部分新成就。

老杨为今天写了一首诗，作为我的结束语：

欢聚庆八十，高朋满门庭；
谈笑有鸿儒，往来无白丁。
往事不如烟，友谊贵长青；
桃李结硕果，夕阳更温馨。

幸福家庭

我的一家

1957年同老杨结婚，老杨1999年退休，我2003年离休。子女3人均在工作，外孙、孙女3人均在读书。

1957年的结婚照

结婚47周年纪念

孩童时代的红、军、勋

长大成人的红、军、勋

求学时代的红、军、勋

我和红、军、勋

1980-1982年老杨留学美国两年多，没条件通电话，更没有E-mail，来往信函一次要一个多月。其间大女儿考大学，二女儿考高中，儿子考初中。

儿女们为我庆祝70岁生日

20年前的全家福

近期的全家福

长女杨红，
药剂学副教授

二女杨军，
高中英语高级教师

儿子杨勋，
眼科博士、
主任医师

红的全家福

军的全家福

勋的全家福

安度晚年

2003年离休后，除主编出版《药物新剂型与新技术》（第2版）与《中药新剂型与新技术》、参加修订《中国药典》2005年版与参编规划教材《药剂学》（第6版）等以外，还参加国家自然科学基金项目申请的评审、药学学报论文的评审（仅2009年2月至今已评审了85篇）和中国药师论文的评审等，并担任《中国药师》杂志副主编、《华西药学杂志》和《食品与药品》杂志的编委。此外，主要是休息和游山玩水。

游苏州大学老校区

游苏州宝带桥

游苏州万年桥

游嘉兴一大会址

游浙江西塘古镇

游江苏甪直古镇

游青岛等六城市

游韩国济州岛

游缅甸

游印尼日惹

参观德国慕尼黑大学化学及药学院

参观德国宝马公司展览馆

参观慕尼黑博物馆

游德国法兰克福

游意大利威尼斯

游美国纽约联合国大厦

游美国纽约码头

游美国华盛顿二战纪念广场

美国辛辛那提啤酒节

夜游美国华盛顿国会大厦地区

80岁前夕在苏州留影——风雨同舟幸福走向百年